Memorial do Amor

Outras obras da autora

Anarquistas, graças a Deus
Um chapéu para viagem
Senhora dona do baile
Jardim de inverno
Pipistrelo das mil cores
O segredo da rua 18
Chão de meninos
Crônica de uma namorada
A casa do Rio Vermelho
Città di Roma
Jonas e a sereia
Códigos de família
Jorge Amado: um baiano romântico e sensual
(com Paloma Amado e João Jorge Amado)

Zélia Gattai

Memorial do Amor

EDITORA RECORD
RIO DE JANEIRO • SÃO PAULO
2004

CIP-Brasil. Catalogação-na-fonte
Sindicato Nacional dos Editores de Livros, RJ.

Gattai, Zélia, 1916-
G235m Memorial do amor / Zélia Gattai. – Rio de Janeiro:
Record, 2004.

ISBN 85-01-07140-4

1. Gattai, Zélia, 1916- . 2. Amado, Jorge, 1912-2001.
3. Escritores brasileiros – Biografia. I. Título.

CDD – 869.98
04-2293 CDU – 821.134.3 (81)-94

Capa: Leonardo Iaccarino

Direitos exclusivos desta edição reservados pela
DISTRIBUIDORA RECORD DE SERVIÇOS DE IMPRENSA S.A.
Rua Argentina 171 – Rio de Janeiro, RJ – 20921-380 – Tel.: 2585-2000

Impresso no Brasil

ISBN 85-01-07140-4

PEDIDOS PELO REEMBOLSO POSTAL
Caixa Postal 23.052
Rio de Janeiro, RJ – 20922-970

Ao Amor

Prefácio

Durante 56 anos foram só Ela e seu amor. Destes 56, por 40 anos estiveram juntos na Bahia. Primeiro buscando a casa, depois comprando a casa, em seguida reformando a casa, para finalmente nela morarem.

Juntos plantaram o jardim, juntos criaram os filhos e viram nascer os netos, juntos cuidaram de seus bichinhos, tantos, juntos cultivaram a amizade. Os amigos estiveram presentes do primeiro ao último dia. Toda sorte de sentimentos sentiram juntos: da maior alegria à mais profunda tristeza, ternura, compaixão, raiva, amor profundo.

Sem perder a individualidade, foram se fundindo e juntos se amalgamaram à casa: uma perfeição.

De repente, não mais que de repente, como disse o poeta, o cristal se rompeu. Os tufões e furacões do mundo inteiro, aqueles que salvaram o sonho do comandante Vasco Moscoso de Aragão, provocaram a maior balbúrdia na casa do Rio Vermelho.

Ele se foi, não por gosto seu, que se pudesse não sairia do regaço de sua amada, mas porque não tinha mais jeito. Os fantasmas e as máquinas infernais, aquelas que fotografam o homem por dentro, não o deixavam mais em paz.

Ficaram Ela e a casa. Ficaram os filhos, os netos, agora também bisnetos, ficaram os bichos e as plantas... Nada disso importa, se Ele não está. Ele quis ficar ali, sob a mangueira preferida, mas o banco que a circunda ficou vazio de sua presença viva. O que fazer? Insuportável a casa sem Ele, insuportável esta distância dele e de sua mangueira.

Grande a dificuldade da decisão. A generosidade, qualidade exercida diariamente pelo casal, veio em socorro: *deixe que a casa seja aberta a toda essa legião de amigos e admiradores que querem vir reverenciá-lo, sentar ao seu lado na mangueira, puxar um dedinho de prosa, parecendo doido falando sozinho.* Como fechar as portas, trancar-se dentro da casa e viver de sombras e fantasmas?

Sair da casa não foi fácil, mesmo sabendo que era a escolha acertada. Como sobreviver? A resposta veio rápida, junto com a decisão de transformar a casa num memorial em homenagem ao homem de sua vida, ao escritor que o Brasil tanto ama: o *Memorial Jorge Amado*. Como sobreviver? Escrevendo as histórias desta casa que abrigou tanto carinho, tanto afeto. Nascia o *Memorial do amor*, livro que agora se publica.

Este livro, que Zélia Gattai terminou de escrever aos 88 anos, em plena forma de sua espantosa juventude, foi inspirado na saudade, no amor, na amizade e na generosidade. Nele encontramos tudo isso elevado à sua máxima potência, contado da mesma forma simples e direta que marca sua obra.

Muito se tem trabalhado para que a casa do Rio Vermelho seja aberta ao público, mas os trâmites burocráticos são mais lentos do que o desejado. Por mais emoção que se empenhe ao projetar o Memorial J. A., a burocracia é bicho frio e vagaroso. Zélia, ao contrário, atirou-se de corpo e alma ao seu trabalho literário, fazendo com que seu *Memorial* anteceda ao outro. Felizmente, não é necessária a visita à casa para entender o livro, ele somente dará água na boca, e no momento oportuno é só vir ao Rio Vermelho e reconhecer objetos, histórias e personagens.

Desejo a todos uma boa leitura!

Paloma Amado

Despedida

Sobre nossa casa, de Jorge e minha, na rua Alagoinhas, 33, no bairro do Rio Vermelho, em Salvador da Bahia, muito já se disse, muito se cantou. Citada em prosa e verso, sobra-me, no entanto, ainda o que dela falar.

Fico pensando se alcançarei escrever todas as histórias, tantas, de gente e de bichos que nela passaram nesses quarenta anos lá vividos.

Neste momento, quando me despeço do lugar onde passei o melhor tempo de minha vida, ao deixar Jorge repousando sob a mangueira por nós plantada no jardim, mil lembranças afloram-me à cabeça. Lembro-me de coisas que para muitos podem parecer tolas, mas que para mim não são.

Lembro-me, por exemplo, de duas mimosas lagartixas que viviam atrás de um quadro de Di Cavalcanti, acima da televisão da sala, e que tanto nos divertiram. Um belo dia elas apareceram, sem mais nem menos: uma toda rosada, quase transparente; a outra com listras escuras em volta do corpo. Jorge foi logo escolhendo: "A *zebrinha* é minha." A mais bonita, pois, ficou sendo a dele. A outra, que jeito? De dona Zélia.

Recostados em nossas poltronas, após o jantar, para assistir aos noticiários de TV, vimos, pela primeira vez, as duas saírem de seu esconderijo, uma atrás da outra, direto para uma lâmpada acesa, no alto, reduto de mosquitos e de bichinhos atraídos pela luz.

— Elas agora vão jantar — disse Jorge.

Dito e feito: as duas se aproximaram docemente da claridade, estancaram a uma pequena distância da lâmpada e, imóveis, na moita, só observando. De repente, o bote fatal foi desfechado e lá se foi um dos insetos para o bucho da lagartixa de Jorge. Diante do perigo, quem era de voar voou, quem era de correr, correu, lá se foram os bichinhos, não sobrou um pra remédio, o campo ficou limpo.

Estáticas, as duas sabidas aguardaram pacientes a volta das vítimas, que, inocentes, aos poucos foram criando coragem e se chegando para, ainda uma vez, cair na boca do lobo. Ainda uma vez o lobo foi a zebrinha, que, como num passe de mágica, abocanhou um mosquito. Encantado, Jorge ria de se acabar, provocando-me: "A tua não é de nada!" Eu protestei e ele riu mais ainda.

Brincadeira boba, inocente, passou a ser nosso divertimento durante muitas e muitas noites, muitas e muitas noites voltamos à nossa infância.

A BUSCA E O ENCONTRO

Ao contrário do que imagináramos, não foi fácil encontrarmos um lugar ideal para morar na Bahia.

Finalmente, chegamos a essa casa em fins de 1961. Em realidade, não era propriamente essa casa, mas sim o local onde agora ela está.

A morada, em si, não era lá essas coisas, no estado em que se encontrava não nos servia. Para habitá-la, fazia-se necessário e urgente uma grande reforma. Situada no Rio Vermelho, bem no alto da rua Alagoinhas, apesar dos pesares, ela nos brindaria com esplêndida vista sobre o largo de Sant'Ana e do mar sem fim.

Os telegramas

Naquela época, os meios de comunicação eram precários, telefonemas interurbanos eram quase impossíveis. Falava-se com voz de longo alcance: "Alô! Alô! Está me ouvindo? Eu não estou ouvindo nada! Fala mais alto!" Não havia paciência que aturasse depender de um telefonema. O jeito era passar telegramas.

Conservo ainda grande quantidade de telegramas da Western e de cabo submarino da Italcable, recebidos no Rio e em Salvador, enviados por Jorge de várias partes do mundo e, principalmente, da Bahia quando preparávamos a mudança. Abro um, por acaso: "COMPRANDO SEGUNDO TERRENO TEU NOME PRESENTE NATAL STOP QUINCAS DOMINA STOP SIGO 13 PANAIR CARAVELLE ENVIEI CARTA ONTEM GRIPADISSIMO SAUDADES BEIJOS JORGE".

Ainda no Rio, recebo um telegrama também chegado da Bahia: "MURO SUBINDO JARDIM CRESCENDO TERRENOS ATRASADOS SAUDADES BEIJOS TU MAMÃE JOÃO PALOMA SEGUE CARTA JORGE".

TERRENOS ALHEIOS

Ficáramos sabendo, somente ao assinar a escritura do imóvel, que aquele terreno todo não pertencia à casa que compráramos, pois, além do nosso, havia quatro lotes de proprietários desconhecidos. Que fazer? Com facilidade, amigos nos convenceram a comprar o que julgáramos nos pertencer. Os proprietários nos venderiam com tranqüilidade, por bagatela, não tivéssemos a menor dúvida. Buscamos, desde então, localizar os donos dos lotes, que, segundo constava, era gente do interior. Demos o assunto como favas contadas e não nos afligimos. Mesmo assim, depois dessa descoberta, Jorge passou a viver mais em Salvador do que no Rio, para, com a ajuda de amigos, localizar os tais proprietários e entabular negociações com eles.

Eu ficava no Rio, cuidando da casa, dos velhos e das crianças, colaborando com Jorge, conseguindo o que ele me pedia através de cartas e telegramas enviados diariamente, pondo-me a par dos acontecimentos:

> Apenas 24 horas ou pouco mais aqui e já te escrevo um pequeno relatório sobre os assuntos. [...] Agora, assunto por assunto: terrenos. Se já recebeste e leste uma carta de Luis Henrique deves ter compreendido o motivo de meu telegrama de ontem, apenas cheguei.
>
> Passou-se o seguinte: veio o tal engenheiro do Parque Cruz Aguiar medir e localizar na minha ausência, o terreno do tal sr. Nobre (lote 12). Pela medição dele o lote 12 começa em nosso último terreno (uns quatro metros estariam dentro dele), e todo o lote 11, do homem de Camacã, estaria também dentro do nosso terreno, imagina tu o absurdo. Ele declarou enfaticamente que eu, ou melhor, o Benda, havia avançado em terrenos dos outros. Pergunta: e onde estão os lotes 7, 8, 9, e 10 que são os nossos? Pela medição dele, nós ficaríamos reduzidos a 2 lotes e pouco. É claro que isso é um erro ou, mais provavelmente, uma safadeza. Por isso necessito urgente

dos documentos. Decidi, em relação a esse assunto, o seguinte, após conversar com o sr. Nobre: aguardar a chegada aqui de Pinto de Aguiar. Vou então conversar com ele para que ele mande liquidar esse assunto. A opinião do Luis Henrique, que conversou com o tal engenheiro, é que o tipo quer dinheiro. Meu, porém, ele não vai levar. Devo te dizer que esse assunto me preocupa pouco porque estamos com tudo legal, direito e claro, não haverá possibilidade de discussão sequer.

I — Terreno de Camacã: Chegou carta do homem dirigida a Moisés. Ele pede 700 contos à vista pelo terreno e resposta urgente dizendo ter outros interessados etc., a eterna conversa, mais um que quer fazer roça às minhas custas. É claro que não comprarei por esse preço. Pensei mandar-lhe, e possivelmente mandarei, um telegrama, assinado pelo banco Irmãos Guimarães, nos seguintes termos: Por 700 contos terreno não interessa absolutamente a J.A., ponto. Oferece nosso intermédio 450 contos e não sai dessa oferta em hipótese alguma, ponto. Responde telegrama (endereço banco) ponto. Caso tenha oferta 700 aconselhamos vender imediatamente, pois trata-se milagre, ponto, saudações. No entanto não mandei ainda o telegrama porque no escritório do Parque informaram que esse senhor de Camacã, por falta de pagamento das prestações, já perdeu o terreno que voltou novamente à posse da Companhia do Parque. Cheguei a tempo.

II — Obra: atrasada, bastante atrasada, aliás, como eu previa... Vou detalhar: a coisa é feita e refeita, duas e três vezes. Ademais: os tijolos do piso ainda não chegaram, os azulejos impossível de encontrá-los, houve complicações com os ferros para as grades, foi necessário esperar que chegassem do Sul alguns ferros para a grade. Portão: metade pronto. A maior beleza que possas imaginar. Serviço de alvenaria: praticamente pronto. Telhado atrasado, mas ficando belíssimo. Enfim, atraso grande, mas perspectiva de grande beleza. Estão trabalhando à noite. Estou tratando de intensificar o ritmo de trabalho.

III — Jardim: bem, as plantas crescendo. Tudo que está próximo à casa sofrendo muito com as obras, poeira, lascas de madeira, pés de operários etc. Esse jardim, se não der uma praga vai ficar uma beleza. Daqui a dez anos, já mais velhotes, os filhos pelo mundo, gozaremos os dois a sombra das árvores agora plantadas. Não sei se é uma perspectiva brilhante, mas é repousante, creio.

Agora, o meu trabalho que é o que mais me interessa: continuo a quebrar a cabeça e por vezes fico como me viste por ocasião do começo de Gabriela. No entanto creio ter finalmente encontrado o caminho e vou me tocar. Até agora é a luta. Mas, tu o sabes, a gente sempre termina por encontrar a saída.

Os amigos

Entusiasmados com a vinda de Jorge para Salvador, os amigos, artistas e não artistas, alguns deles residentes no próprio Rio Vermelho, ofereceram seus préstimos. Colaborariam para transformar o que era feio em bonito, num recanto aprazível que prenderia o amigo para sempre na terra.

Da casa apenas o nome era simpático: "Sonata" — não tivesse ela pertencido a um músico, o pianista Sebastian Benda, professor contratado do Seminário de Música da Universidade Federal da Bahia...

A casa de Lúcia e Mário Cravo era a primeira da avenida Garibaldi — mesmo sendo a primeira casa da rua, seu número era 655. Na oficina ao lado, instalada num enorme terreno, com forja, maçarico e imaginação criadora, o escultor realizava seus trabalhos e reunia-se à noite com os amigos. Nesses encontros, em meio a grandes bate-papos e gaitadas, quando as vozes elevadas podiam ser ouvidas pelo bairro todo, os amigos discutiam a reforma de nossa casa.

Lá estavam, entre outros artistas, Carybé, o mais entusiasta, Jenner Augusto, Lev Smarcevsky, Mirabeau Sampaio e um jovem arquiteto considerado por todos promissor em seu ofício: Gilberbert Chaves. A Gilberbert, pois, foi dada a incumbência de estudar e executar um projeto sobre o que poderia ser feito.

O projeto nos agradou e, mais do que isso, entusiasmou a todos. Da casa que compráramos, poucas paredes restariam de pé.

Morávamos ainda no Rio de Janeiro e, em nossa ausência, a obra iniciada ficou sob a batuta de nossos amigos baianos, que, sempre em contato conosco, davam notícias do andamento dos trabalhos. Assim mesmo voltamos à Bahia várias vezes, sobretudo Jorge, que, depois de ter descoberto, como já foi dito, o problema dos terrenos — que eram e não eram nossos —, passou a viver mais em Salvador do que no Rio, a fim de resolver o assunto.

O OLHO DO DONO

Quase três anos haviam se passado desde o início da obra e muitos operários ainda trabalhavam nos acabamentos da casa. Cansado de andar para cima e para baixo, Jorge não quis esperar mais, pois, segundo ele, se não nos mudássemos, os trabalhos não terminariam nunca: "O olho do dono é que engorda o rebanho", ria, repetindo o conhecido provérbio.

DITADURA MILITAR

Finalmente, em fins de 1963, nos mudamos definitivamente para a Bahia. Havíamos passado duas temporadas de férias com as crianças na casa ainda por terminar, mas agora chegávamos com armas e bagagens — mudança feita num clima tenso, perigo de retrocesso democrático, quando circulavam rumores de um golpe militar ameaçando derrubar o presidente da República, João Goulart.

Não resistindo ao processo de sublevação iniciado no país, para evitar derramamento de sangue, João Goulart partiu, refugiando-se no Uruguai.

A 1º de abril de 1964, os militares do golpe declararam vago o cargo de presidente da República, que, 15 dias após, seria ocupado pelo marechal Castello Branco.

Saíramos do Rio em busca de tranqüilidade e, agora, ainda uma ditadura militar vinha nos atormentar, nos roubar a paz.

A ESTRELA

Minha mãe costumava dizer que eu era uma pessoa de sorte: "Ela nasceu com a estrela", repetia sempre com a maior convicção. Eu achava que mamãe apenas sonhava, pois eu sempre lutara, mas nem sempre conseguira o meu intento.

Conheci Jorge Amado, pessoalmente, em 1945, e em seguida me apaixonei por ele. Por um amigo em comum, Paulo Mendes de Almeida, soube que Jorge lhe falara de seu interesse por mim: "Ao ver Zélia, arriei bandeira, pedi paz. Ela ainda não sabe, mas vou me casar com ela." Desde então, passei a acreditar na estrela que dona Angelina descobrira para proteger sua filha.

Ainda uma vez, fiquei achando que a tal estrela devia existir, ao conhecer Norma Sampaio e nos tornarmos amigas. Norma era mulher de Mirabeau Sampaio, amigo de Jorge, colegas dos tempos do Colégio Antonio Vieira.

Pessoa da melhor qualidade, alegre e inteligente, foi Norma quem clareou meus caminhos quando, sem conhecer os costumes da terra, cheguei à Bahia para ficar. Sempre pronta a mostrar-me a cidade, a indicar-me seus atalhos e seus mistérios, Norma e eu nos tornamos amigas.

Naquele tempo, a vida de uma dona-de-casa em Salvador não era fácil. Para abastecer a geladeira era preciso bater pernas por toda parte, ir ao mercado de Água de Meninos — hoje São Joaquim — e chafurdar os pés na lama para comprar frutas e alguns raros legumes que em outra parte não encontraria.

Durante algum tempo, enquanto me faltavam os contatos necessários para o bom andamento da casa, tive sempre Norma me acompanhando às compras, apresentando-me a este e àquele, sobretudo aos barraqueiros do mercado, de feiras livres, todos eles seus conhecidos ou *camaradinhos*, como ela costumava dizer.

Seguindo os impulsos e as fantasias de minha amiga, eu fazia coisas que, sem os seus conselhos e seu entusiasmo, jamais faria. Por exemplo, acompanhei-a num curso de bordados à máquina, lá nos confins da Cidade Baixa, aonde íamos de ônibus, curso que nos custou sacrifício, nos divertiu um pouco, isso é verdade, mas nunca nos foi útil.

Depois dos bordados à máquina — aos quais nem ela e nem eu jamais nos dedicamos —, Norma descobriu umas aulas de *ikebana*, dadas por uma japonesa vinda de São Paulo. Dessa vez, com satisfação, deixei-me levar pela amiga, nos inscrevemos e nos tocamos para o tal curso de arranjos florais. Dessas aulas eu gostei e, até hoje, algumas vezes me sirvo do que aprendi.

AS CRIANÇAS E SEUS AMIGOS

Nossos filhos estudavam no Colégio Estadual Manuel Devoto, escola pública, onde tiveram a oportunidade de conviver com crianças de todas as camadas sociais, coisa boa para a sua formação. Filhos de Norma e Mirabeau, Maria e Arthur logo se enturmaram com João Jorge e Paloma e são amigos até hoje. Não custou a João fazer amizades no colégio e fora dele. Com os mais íntimos — Mariozinho Cravo, Arthur Sampaio, José Luiz Penna, Cláudio Dortas, entre outros —, todos ótimos meninos, João tinha sempre seus programas. Paloma se enturmou com Balbina, filha de nossos amigos Dorothy e Moisés Alves, fazendeiros de cacau. Yeda, sobrinha de Moisés, que morava com os tios, pouco mais velha que as duas meninas, era ótima companhia. Sue Safira, Ediane Lobão e Kátia Badaró, íntimas de Paloma, eram as que mais freqüentavam nossa casa. Juntos, meninos e meninas, a turma toda, cada dia aumentada, saía à noite para programas inocentes, nos deixando sem preocupações. Cada vez mais, Jorge e eu nos sentíamos satisfeitos da decisão tomada, a da mudança para a Bahia, onde acreditávamos que o perigo da droga ainda não existisse.

Violência

Apesar dos desmandos da ditadura militar instalada no país, Jorge ainda não fora molestado pessoalmente. Sabíamos de batidas policiais em casas de conhecidos nossos, sendo que uma das razões que os incriminava era possuírem livros de Jorge Amado. A opinião geral era que, sendo Jorge um escritor conhecido internacionalmente, os militares da ditadura não se atreveriam a molestá-lo diretamente.

Nossa casa era movimentada, recebíamos amigos nossos e das crianças. Das *crianças* é modo de dizer, pois o tempo passa, os filhos crescem e nós continuamos a chamá-los de crianças.

João já era aluno da Faculdade de Filosofia da Universidade Federal da Bahia quando os beleguins da ditadura o cobriram de pancada.

Além de cursar a faculdade, João trabalhava no Teatro Castro Alves. A serviço do teatro, ia ele, um dia, à redação do jornal A *Tarde*, na ocasião situada na praça Castro Alves. Ao chegar à praça, João se deparou com uma manifestação estudantil. Mesmo ignorando as reivindicações do movimento, sentiu-se solidário. Ao mesmo tempo que ele, chegavam caminhões repletos de policiais que, de cassetete em punho, iam saltando e atacando, sem dó nem piedade, os jovens que encontravam pela frente.

João nem chegou a participar do movimento, mas não escapou dos violentos golpes que o atiraram ao chão, tirando-lhe sangue.

Todo machucado, cheio de vergões pelo corpo, João subiu para a redação de *A Tarde*, onde foi fotografado, foto que ilustrou a matéria do jornal no dia seguinte. A nota, claro, foi censurada como tudo o que era publicado naqueles tempos de ditadura; porém, a fotografia mostrando as marcas de sangue impressionou e irritou não apenas amigos nossos, como também pessoas de posições políticas opostas à nossa. Até desses tivemos visitas de solidariedade. "Temerosos de tocar em mim eles me agridem, agredindo meu menino", dizia Jorge, revoltado, a quem quisesse ouvi-lo.

NÓS, POR EXEMPLO

Surgia em Salvador um grupo de jovens cantores, músicos e compositores que costumava se exibir no Teatro Vila Velha: Maria Bethânia, Caetano Veloso, Gilberto Gil e Gracinha — Maria das Graças —, hoje Gal Costa. *Nós, por exemplo* foi o primeiro *show* apresentado por eles.

João, Paloma e sua turma eram fãs dos novos artistas e não perdiam um espetáculo. Saíam logo cedo de casa para conseguir onde sentar, pois nessas noites a lotação esgotava.

Naquele domingo, o pôquer semanal seria na casa de Mirabeau. Os parceiros para as rodadas eram quase sempre os mesmos: Jorge, Ives Palermo, Mecenas Marcos, Negro Batista, Alexandre Robato, Odorico Tavares, Giovanni Guimarães e outros. Quando ninguém falhava e sobravam parceiros, como, por exemplo, Di Cavalcanti e Giovanna Bonino, vindos do Rio com freqüência — chamados com muita graça, por Mirabeau, de *capital estrangeiro* —, eles faziam duas mesas. Em geral, enquanto os homens se entregavam ao pôquer, as esposas — Norma, Êmina Palermo, Josette Marcos,

Estela Robato, eu e Nancy — jogávamos buraco ou bigorrilho. Carybé era o único a não participar dos jogos. Ia para acompanhar Nancy, parceira certa do carteado feminino, e ficava dando palpites, distraindo-se a fazer caricaturas de todo mundo.

JOVENS ARTISTAS

Maria Bethânia e seu grupo cantariam no Vila Velha e os meninos pediram para jantar mais cedo, queriam ir ao teatro. Resolvi acompanhá-los. Combinei com Norma, nos juntamos aos nossos filhos e fomos também.

Chegamos cedo e já encontramos o teatro repleto. A custo, conseguimos um lugarzinho para sentar.

Maria Bethânia, com sua voz quente, emocionante, cantou e o teatro quase veio abaixo. Caetano, voz morna e suave, outro sucesso, Gilberto Gil com sua graça e picardia, um delírio; Gracinha, com sua voz fluente, de límpida melodia, levantou a platéia.

— Vou ficar freguesa — disse a Norma —, e, se duvidar, da próxima vez trago Jorge. Garanto que ele vai adorar.

— Tomara! — disse ela. — Tomara que Jorge venha e convença Mirabeau a vir, mas eu duvido.

Voltamos ao Vila Velha dias depois. Desta vez, com Jorge. Como Norma previra, Mirabeau não foi e, como eu previra, Jorge adorou os meninos. Gostou tanto que, depois do espetáculo, ele, que detestava aglomerações, meteu-se no empurra-empurra, na confusão de pessoas que, como ele, queriam abraçar os artistas. Ele não só queria abraçá-los, como também convidá-los a aparecer em nossa casa. Eles vieram e, para esses jovens, simpáticos e talentosos, nossas portas estiveram sempre abertas. Admirador de Caetano, de sua sensibilidade, de suas composições, Jorge chegou a compará-lo a Castro Alves.

Cantores populares

Compositores e cantores populares, como Tião Motorista e Riachão, apareciam em casa com a turma de João Jorge e cantavam. Jorge riu a valer ao ouvir certa composição de Tião Motorista que dizia:

Na casa de Jorge Amado
lugar bom pra se sambar
se samba de dia e de noite
até ver o sol raiar...

Jorge achou graça e eu também, da imaginação de Tião ao inventar que em nossa casa se sambava "de dia e de noite, até ver o sol raiar".

Riachão vez ou outra aparecia, com sua indefectível toalha no pescoço, e nos encantava improvisando uma picaresca dancinha para acompanhar sua cantiga: "Xô, xuá, cada macaco no seu galho."

João Ubaldo Ribeiro, jovem intelectual que freqüentava nossa casa nos encontros matinais aos domingos, era o preferido de Jorge, que dele esperava grandes surpresas literárias. Muito animado, João Ubaldo alegrava nossas reuniões, cantando e batucando mas jamais dançando.

Glauber Rocha

Ainda um jovem talento, cineasta em quem Jorge apostava e dedicava grande carinho era Glauber Rocha. Glauber já não morava na Bahia quando nos mudamos para cá, mas nunca perdeu o contato conosco. Sempre que vinha a Salvador, mesmo que fosse por pouco tempo, não deixava de procurar o amigo querido, "meu irmão, meu pai, meu mestre" — assim costumava dizer. Vinha falar de seus projetos, passava horas abrindo seu coração.

Com Glauber estivemos em Paris e em Portugal. Foi num hospital de Lisboa que, com João Ubaldo Ribeiro e Raimundo Fagner, nos despedimos do "menino gênio", amigo querido, e o vimos pela última vez quando partiu para sempre.

Voltando a falar de música...

Para alegria de seus amigos, chegou à Bahia para longas temporadas Vinicius de Moraes. Até uma casa ele construiu em Itapuã, na praça em frente ao farol, vista para o mar e os coqueiros de sua inspiração. O lugar passou a ser chamado pela gente do povo de "*a curva do Viniço*".

Vez ou outra o poeta vinha nos ver. Sentado no banco, debaixo da mangueira, dedilhando o violão, voz mansa, Vinicius cantava. Adorava bater papos sem compromisso e, quando coincidia encontrar Caymmi lá em casa, a festa era completa, risadas de não acabar.

Nos dias dessas visitas, acontecia juntar na calçada, à nossa porta, jovenzinhas de lápis e papel em punho, à espera de um autógrafo.

Certa vez, acompanhando Vinicius que se despedia, pude presenciar uma cena linda: adiantando-se de outras meninas que ali estavam à espera, uma jovenzinha estendeu uma folha de papel e um lápis a Vinicius: "Dorival Caymmi, pode me dar um autógrafo?" Sem perder o rebolado, Vinicius apanhou o caderno e, "pois não, com muito prazer", assinou: Dorival Caymmi.

Ao saber do acontecido, Caymmi não se surpreendeu: "Pois comigo se passa a mesma coisa: estou farto de dar autógrafos assinando Vinicius de Moraes. Assinando Jorge Amado então, nem se fala..."

Confundiam o escritor com o cantor. A Caymmi, perguntavam: “Então, Jorge Amado, escrevendo muito?” Sem se atrapalhar e também sem esclarecer, ele respondia: “O livro vai indo, vai indo...” Com Jorge acontecia o mesmo. Perguntaram-lhe certa vez: “O senhor não é Dorival Caymmi?” “Infelizmente, não”, respondeu ele, “mas sou irmão dele.”

Naná Vasconcelos, mestre do berimbau, certa vez foi convidado e deu um verdadeiro concerto a uns hóspedes franceses que recebíamos e que jamais tinham ouvido falar em berimbau. Encantaram-se.

Tom Zé era a grande novidade entre os jovens. Vez ou outra ele aparecia e alegrava o ambiente trazendo suas inovações.

Muitos cantores e nada de dançadores.

VÁ ATRÁS DISSO!

O dono da casa não sabia dançar nem nunca se esforçara por aprender, ao contrário da dona da casa, que adorava qualquer tipo de dança, requebrando-se sozinha num samba ou caprichando num floreado de tango, quando a vontade apertava.

Incansável trabalhador, Jorge era capaz de passar uma noite inteira debruçado sobre a máquina de escrever, batendo nas teclas, velozmente, com seus dois indicadores, na emoção do enredo de um romance. No entanto, para certos tipos de atividades pequenas, não se contasse com ele.

Um dia, resolvemos nos divertir organizando uma lista de coisas que ele não sabia fazer: dançar; cantar; assobiar; nadar; dirigir automóvel; cozinhar; trocar lâmpadas queimadas; abrir latas de qualquer espécie; bater pregos; apertar parafusos; ligar e desligar televisão, rádio e ainda outras coisas que já não lembro.

Descobri, certa vez, por acaso — coisa da qual já desconfiava —, que a incapacidade de Jorge para fazer certos trabalhos menores era mais uma questão de comodismo que de incompetência. Estava eu de saída enquanto Jorge, estirado em sua poltrona, diante da televisão, esperava pela partida de futebol a que ia assistir.

Já me encontrava na porta da rua quando me lembrei de que a televisão ficara desligada. Voltei e disse:

— Vou ligar a televisão para você ver seu jogo.

— Não ligue não — pediu ele. — Falta mais de uma hora para começar...

— Eu ligo e deixo bem baixinho — disse —, dá até para você tirar uma soneca...

— Quando chegar a hora eu ligo — respondeu ele —, pode deixar, não se preocupe.

— E você sabe ligar televisão? Você diz que não sabe...

— Vá atrás disso — riu ele com ar maroto.

Lalu

Seu João e dona Eulália — ou Lalu, como a chamava o marido — teimaram em não nos acompanhar na mudança. Disseram preferir o apartamento em Copacabana, ao lado da praia, onde vivêramos juntos por mais de dez anos. "Deus me livre voltar a morar na Bahia, terra perigosa", dizia Lalu, que não perdera o trauma carregado desde a infância, dos tempos da conquista da mata para o plantio do cacau, da qual irmãos e marido haviam participado. De nada adiantou insistirmos, os velhos fincaram pé e nós chegamos sem eles. Por via das dúvidas, reservamos-lhes acomodações, caso resolvessem um dia mudar de idéia.

Um quarto forrado, teto baixo, piso de madeira, janela para o jardim, era reservado para o Coronel e Lalu, se, por acaso, decidissem um dia ocupá-lo para férias ou então para sempre. Esse quarto apenas Lalu habitou depois da morte do marido, ficando conosco até o fim de sua vida. Não posso esquecer suas palavras ao entrar na casa, vinda do Rio, naquele triste mês de janeiro: "Até agora, tu foi minha filha. Daqui por diante, tu vai ser minha mãe."

A REFORMA DA CASA

Nunca é demais rememorar os detalhes da reforma desta casa, quase uma nova construção; falar dos objetos espalhados em estantes e mesas, cada qual com sua história, muitos do Brasil, a maior parte trazida de vários recantos do mundo, cada qual com seu valor ou de importância apenas afetiva, desde os de cerâmica popular, os mais rústicos, até os de Picasso, Carybé, Aldemir Martins, Mário Cravo, Poteiro, Stockinger, Vasco Prado, Francisco Brennand, Tati Moreno, José Franco e de tantos consagrados artistas brasileiros ao lado dos que chegaram de outras plagas. Dou destaque à carranca de madeira, cabeça de cavalo, de um barco do rio São Francisco. Numa exposição de fotografias, no Museu do Unhão, vimos, por acaso, a foto do barco em cuja proa estava a cabeça do cavalo, soberba carranca, que passou a embelezar a quina da entrada, junto à porta de nosso terraço.

O PATO

Recordou-me há dias Auta Rosa — que, com seu marido, o artista plástico, Calasans Neto, nos acompanhou em andanças por esse mundo de Deus — a história do pato:

— Por onde é que anda aquele pato?

— Que pato, Auta? — eu já nem me lembrava do fato.

Rimos juntas ao reviver o caso: estávamos em Paris às vésperas do aniversário de Jorge. Pela manhã, antes de sair do hotel, olhando o monte de embrulhos a serem acomodados nas malas, eu lhe fiz um apelo:

— Por favor, Jorge, não vamos comprar mais nada, já compramos demais, nem sei onde acomodar tanta coisa. Lá em casa também já está tudo entupido de objetos, estantes e armários transbordando... Promete que não vai comprar mais nada?

Jorge riu:

— Está bem, minha pequenininha... A não ser que...

Diante de uma loja próxima ao nosso hotel, surgiu a tentação. Um pato preto, peito branco, listras claras à guisa de penas das asas, sobressaía entre outros objetos:

— Vejam só que pato mais lindo! — exclamou Jorge, encantado. — Sem este pato a minha vida não terá mais a mínima significação — suspirou —, já não posso viver sem ele.

Levantei o pato.

— É pesado como o quê! — disse eu, demonstrando sutilmente o meu desejo de que a peça não fosse comprada.

Jorge foi andando e eu o segui, morta de remorso, sentindo-me a própria megera repressora que limitava o marido, coitadinho, impedindo-o de realizar um desejo inocente.

Nessa mesma tarde, enquanto o "coitadinho" tirava uma soneca depois do almoço, eu não resisti, corri à loja e comprei o pato. Escondi-o no quarto dos Calasans e só no dia do aniversário de Jorge o trouxe para o meu. Estendi ao aniversariante o presente, já desembrulhado para causar maior impacto:

— Parabéns, meu amor! Aqui está teu pato!

— Então, foi você, sua peste? — disse ele, rindo, ao me abraçar e beijar.

Sem que eu soubesse, Jorge voltara à loja para comprar o bendito pato, mas chegara tarde demais, já o haviam levado.

O herói desta história, já um pouco desbotado e esfolado pelo tempo, encontra-se entre os objetos de nossa coleção, no terraço.

O CHORADOR

Na estante ao lado do pato, encontra-se o *chorador do Irã*. *Chorador*, nome que inventei por tratar-se de um frasco de vidro com a boca do gargalo em forma de olho, para nele a esposa chorar quando o marido viaja. Ao regressar, ela lhe apresenta toda a tristeza que sentiu durante a sua ausência. "Dizem", contou-nos o rapaz que atendia no balcão da loja iraniana, em Paris, "que, em geral, as lágrimas quase transbordam do frasco." Rindo com malícia, ele acrescentou: "A não ser que seja água e sal..."

ROSA RAMALHO

Gostaria de falar dos Cristos de barro da famosa ceramista portuguesa Rosa Ramalho.

Havia uma feira de artesanato em Cascais e, com Beatriz Costa, fomos dar uma espiada por lá. Admiradora de Rosa Ramalho, que expunha e vendia suas peças nessa feira, Beatriz levou um xale para dar-lhe de presente.

Imagens de Cristo para serem penduradas em paredes eram a especialidade da ceramista. Havia brancos e pretos e nos encantamos com elas.

— Eu fico com uma de cada — disse Jorge.

Beatriz, que até então só fizera elogiar a velha amiga, tirou de sua sacola o belo xale que levara:

— Toma lá, é uma prenda para ti — disse, estendendo-lhe o presente. Surpresa e encabulada, Rosa Ramalho atirou o xale sobre Beatriz, devolvendo-o:

— Ai, que não quero! Não quero que gaste seu dinheiro comigo, dona Beatrizinha! — Vendo que ríamos da cena e que a atriz não receberia, de jeito nenhum, o presente de volta, ela foi à prateleira, tirou uma de suas peças, colocou-a nas mãos de Beatriz: — Toma lá, é tua! Não precisas pagar!

Essa peça nos foi oferecida por Beatriz e encontra-se entre as nossas cerâmicas portuguesas, faz parte de nossa coleção. Quanto ao Cristo negro, sumiu da parede. Deve ter sido quebrado pela pessoa que faz a limpeza dos objetos, mas isso ela jamais confessará. E de que adiantaria?

A SANTA DE AGUINALDO

A Nossa Senhora de madeira, com sua coroa de pregos, que temos no terraço, foi premiada numa exposição, na África. Aguinaldo, seu autor, morreu jovem, teria pouco mais de vinte anos quando foi picado pelo barbeiro e contraiu o mal de Chagas. Menino ainda, ele foi trabalhar no ateliê de Mário Cravo, como ajudante. Um dia, Mário descobriu que Aguinaldo aproveitava pedaços de madeira que já não prestavam para deles fazer esculturas. O menino era um artista nato e Mário tratou de encaminhá-lo, dando-lhe a assistência necessária. Aguinaldo deixou nome e poucas, mas importantes, peças.

A TELHA CHINESA

Temos uma telha chinesa de louça brilhante, sobre ela uma escultura verde-amarela. Essas telhas são utilizadas em beirais, e a nossa foi comprada num mercado de Pequim. Neruda apaixonou-se ao vê-la em nossas mãos, mas não havia outras à venda naquele lugar. Pablo passou a sonhar com a telha. Somente em outra viagem, em outra cidade, não sei bem, nosso compadre achou o que tanto procurava e, certamente, ela se encontra hoje em dia num dos museus do Chile que guardam suas memórias.

Os quadros

Teria muito o que falar dos quadros que embelezam nossa casa, iluminando suas paredes, trazendo ao nosso convívio artistas ainda vivos e outros que já se foram. Lá estão Carybé, Di Cavalcanti, Carlos Scliar, Genaro de Carvalho, Henrique Oswald, Jenner Augusto, Aldemir Martins, Hansen Bahia, Carlos Bastos, Floriano Teixeira, Raimundo de Oliveira, Calasans Neto, Willys, Djanira, Lev Smarcevsky, Heitor dos Prazeres, Juarez Paraíso, Sante Scaldaferri, Licídio Lopes, José de Dome, Jamison Pedra, Fernando Lopes, Nair de Carvalho.

De Lênio Braga, jovem e talentoso pintor, que nos deixou muito cedo, encontra-se no terraço um peji de Oxóssi, encravado na parede, acima do banco, são Jorge pintado ao fundo e, em torno, espalhadas, várias miniesculturas africanas representando os orixás a pé e a cavalo, de carabinas em punho, em plena caçada.

Na sala, há um quadro de Carlos Bastos, detalhe de um painel que o artista pintava na igrejinha do Parque da Cidade, no Rio.

A velha igreja estava abandonada, suas paredes internas nuas e emboloradas. Carlos resolveu dar vida àquele ambiente, ressuscitá-lo. Foi pintando com o maior entusiasmo, dando cor e beleza, iluminando o interior da igrejinha com figuras sacras. Em algumas delas ele retratou pessoas de sua estima. Lá estavam: Jorge Amado, Vinicius de Moraes, Djanira, Di Cavalcanti, Maria Bethânia, Pelé, Genaro de Carvalho, Nair de Carvalho, Altamir Galimberti e ainda outros. A obra já estava quase terminada quando, um dia, ao chegar para trabalhar, o artista encontrou a porta trancada, a fechadura trocada. Um padre — desconheço seu nome — havia proibido a continuação da pintura, "não vou permitir tal heresia", dissera. Não admitiria que, num trabalho sacro, aparecessem sacrílegos como alguns notórios que lá estavam. Citou, em primeiro lugar, Jorge Amado. O trabalho de Carlos Bastos na igreja não foi terminado e nós temos, na parede de nossa sala, o quadro que Carlos nos ofereceu, com detalhe do mural onde aparecem "os mais perigosos hereges": Di Cavalcanti, Djanira, Vinicius de Moraes e Jorge Amado.

O quadro dos Cangaceiros, de Carybé, ocupa lugar de destaque na sala. Dona Eulália não se conformava com a presença dos "jagunços" — como costumava dizer. Cansou de me pedir, de me dar conselho:

— Diga a Jorge, minha filha, que tire daqui esses jagunços. Gente ruim! Eles atiraram em João quando Jorge era pequeno. Foi Deus os tiros não acertarem no menino que estava no colo do pai. E ele, besta, ainda bota esses assassinos aqui na parede.

— Isso é uma obra de arte, dona Lalu! Mas, já que a senhora não gosta, peça a seu filho, ele vai lhe obedecer. A senhora não diz sempre que seus filhos sempre foram muito obedientes, que nem em política se meteram para lhe fazer a vontade? Pois então...

— Já falei com ele, minha filha, mas ele só faz rir, como tu, não me ouve.

Dessa vez Lalu não foi obedecida. O quadro de Carybé continua no mesmo lugar.

A grande jaca, trabalho a bico-de-pena, desenhado pelo mestre Aldemir Martins, inspirado numa cena de *Pastores da noite*, lá está, na sua grande beleza.

Barcos e sol vermelho, gravados na madeira por Mestre Calá, com sua poesia fazem-me pensar que tenham sido inspirados em *Mar morto*.

Temos, ainda, na sala, um são Jorge derrotando o dragão, desenho a nanquim, trabalho maravilhoso do inigualável Floriano Teixeira.

O quadro de Di Cavalcanti, *Paisagem com moça na janela*, tem uma história. Há muitos anos, quando Jorge morava em São Paulo, ganhou do pintor um quadro do qual gostara muito: *Mulata deitada no divã*. Diante do entusiasmo do amigo pelo quadro, generoso, Di Cavalcanti lhe disse: "É teu." Jorge adotara uma teoria, repetida sempre por um jornalista seu amigo: "Ao te oferecerem uma obra de arte, não faça cerimônia, aceite sem discutir." Foi o que ele fez. A *Mulata deitada no divã* embelezava a sala do apartamento em São Paulo, quando, certo dia, apareceu Di, todo afobado:

— Vim buscar o quadro. Apareceu um cliente querendo um trabalho meu e eu não tenho nenhum, nem para remédio. Levo este e pinto outro para você.

— Pintou outro, muitos anos depois, quando já morávamos na Bahia. Escreveu atrás uma dedicatória que me encanta:

Jorge Amado,
Zélia Amada,
Um do outro
E os dois meus.
O Rio, de Jorge Amado
Bahia, de Zélia Amada
Que também são terras minhas
Graças aos dois,
Graças a Deus.

Paisagem com moça na janela continua no lugar em que o artista o pendurou.

Até de Dorival Caymmi Jorge mereceu um quadro, ou, para usar um termo do nosso artista, uma prenda. Isso mesmo, o quadrinho pintado por Caymmi é uma graça, uma prenda. Só um bemquerer como o dos dois baianos poderia resultar em tamanha generosidade do grande mestre da música, que não vende, não dá nem empresta seus quadros.

A ENTRADA DA CASA

Situada entre duas ruas, a Alagoinhas e a Irará, achamos que a entrada principal da casa deveria ser pela Irará, rua ainda sem calçamento, porém tranqüila e com bastante espaço para entrarmos de automóvel pelo jardim e chegar junto à casa.

Isso decidido, Carybé não perdeu tempo: desenhou um portão de ferro, largo, que em seguida foi feito e colocado: uma beleza! Mas o belo portão era por demais vulnerável e não demorou a ser galgado por meninos da rua, pilhados um dia tentando colher sapotis das árvores do jardim. Vimos, em seguida, que, para nossa tranqüilidade, devíamos desistir do perigoso portão e, em seu lugar, foi levantado um muro. A solução encontrada, então, foi transformar a entrada de serviço da rua Alagoinhas em entrada principal da casa.

A escada estreita, que não combinava de jeito nenhum com a amplidão da casa, precisava ter algum encanto. Somente alguns anos mais tarde, conseguimos comprar a casa do lado, passando a usar sua escada para a entrada de serviço. As duas escadas, lado a lado, foram integradas com um pórtico e uma mureta central à guisa de corrimão.

A compra da casa vizinha serviu também para desafogar a área de serviço, ampliar a cozinha, construir a biblioteca de Jorge, fazer um jardim de roseiras, jardim que foi substituído por uma piscina, anos mais tarde, ao nascerem os netos.

O pórtico de entrada foi, então, revestido de azulejos com desenhos de Carybé: as armas de Oxóssi e de Iemanjá e figuras de frutas e de bichos brasileiros. "E o chão?", perguntamo-nos, sem saber como revestir as escadas. Foi aí que a arquiteta italiana Lina Bo Bardi, grande artista que se encontrava na Bahia, trabalhando na restauração do Museu de Arte Moderna no Solar do Unhão, freqüentadora das reuniões no ateliê de Mário Cravo, deu um palpite:

— Eu colocaria cacos de azulejos no cimento. Coisa mais fácil obter os pedaços dos ladrilhos partidos, na cerâmica do Udo. Ele vai dar a vocês, com o maior prazer, quantos pedaços forem precisos.

Udo Knoff, alemão radicado na Bahia, artista especializado em cerâmica, instalara em Brotas um ateliê com fornos elétricos. Era a ele que Carybé e outros artistas recorriam para queimar suas peças.

O conselho de Lina foi logo aceito e Udo entrou com o material necessário, não apenas para as escadas da entrada, como também para todas as passagens externas da casa.

Mário Cravo criou uma Iemanjá de ferro — peça linda — e a colocou logo à entrada, sobre um pilar entre as escadas. A Iemanjá, sustentada por uma delicada haste de metal, rodopiava num passo de dança. Mas, infelizmente, sobre essa frágil haste a nossa Iemanjá rodopiou por bem pouco tempo. Alguém, além de nós, deve ter gostado dela, e numa bela manhã não mais a encontramos: uma serra fina fizera o serviço.

Sem perda de tempo, Mário partiu para uma nova peça, a fim de preencher o vazio. Dessa vez, um Xangô com base vigorosa veio substituir a rainha do mar. Enquanto colocava a peça em seu pedestal, o artista desabafava:

— Esta aqui nenhum filho-da-puta vai conseguir levar.

Até hoje o Xangô se encontra no lugar em que o mestre o colocou.

A porta primitiva da entrada era de madeira simples, lisa, pintada de azul, combinando com os azulejos. Somente depois, alguns anos mais tarde, quando Jorge escreveu *Tereza Batista* e Calasans Neto ilustrou o livro, foi que Mestre Calá nos ofereceu uma porta, a que se encontra até hoje, em cuja madeira o artista entalhou a figura da heroína do romance. Ofereceu a porta e ainda uma talha do *Caboclo do 2 de Julho* que se encontra incrustada na parede. Entre a porta e o *Caboclo* estão dois azulejos pintados por Helena, mulher do ceramista José Franco, do Sobreiro, em Portugal. Neles, a artista desenhou dois singelos corações e dentro de cada um nossos nomes: Zélia e Jorge e Helena e José. Idênticos azulejos encontram-se colocados à entrada da casa do casal amigo, em Portugal.

Hansen Bahia completa a beleza da modesta entrada de nossa casa, com uma talha em que retrata cangaceiros.

O alto muro também mereceu a atenção dos artistas: um girassol de metal, de Genaro de Carvalho, dá leveza, encanto e transparência àquele muro tão pesado; uma abertura quadrada emoldura uma cabeça de ex-voto. Sobre o pórtico, está um pára-raios com a forma das armas de Oxóssi; no topo do muro, uma escultura de Mário Cravo, figura de são Roque com seu cachorro — ou seria um leão? — dá força e proteção a quem precisa.

Pelas paredes, desde a entrada da casa, Jorge mandou fixar azulejos e placas de arte. No terraço estão os de Picasso, de Carybé e dos mais variados artistas estrangeiros. Na entrada do bar, há uma enorme e bela placa de Chico Brennand. Uma parede, na parte da piscina, foi dedicada a são Jorge, onde até uma bandeja de prata, lavrada com traços ressaltando o santo e seu dragão, trazida da Rússia, encontra-se entre ícones e outras peças. Calendários de azulejos de vários anos, feitos por Udo Knoff, encontram-se também na parede ao lado da piscina.

O NÚMERO 33

Ninguém se engana ao chegar à casa de Jorge Amado, a de número 33, embora à sua direita se encontre a de número 342. Quando a compramos, a rua era pouco habitada e seu número era 33. Ficou sendo para sempre, não obedecemos às mudanças oficiais. Grande azulejo, com o número 33, encontra-se colocado à entrada.

Fato semelhante — o de não obedecer a regras postais — se deu ao construirmos uma casa na Pedra do Sal, ao lado da de Carlos Bastos. Num loteamento recente, logo depois do farol de Itapuã, essa casa à beira-mar nos daria paz e sossego para trabalhar. Foi na Pedra do Sal que Jorge escreveu *Farda, fardão, camisola de dormir* e eu, *Anarquistas, graças a Deus*, meu primeiro livro.

Um dia, Carlos e Jorge conversavam e Jorge reclamou:

— Veja só o absurdo: moramos numa rua que nem nome tem. Na esquina, apenas uma placa de madeira com indicação do loteamento e nada mais.

— Por que não inventamos um nome para ela? — sugeriu Carlos.

Foi o que aconteceu: em seguida encontraram um nome que agradava aos dois, extravagante e poético: "Rua do Lagarto Azul."

— Agora falta o número — disse Jorge.

— Bem — respondeu Carlos —, o número que eu mais gosto é o 500.

— Pois o meu é o 1.000, sempre simpatizei com esse número — disse Jorge.

Como no quarteirão, a bem dizer, na rua toda, havia apenas duas ou três casas, não houve problemas. A placa foi feita e colocada na esquina. A casa de Carlos até hoje fica na rua do Lagarto Azul, número 500. A casa vizinha há muito não é nossa, mas continua sendo a de número 1.000.

Casa sincera

Nossa casa da rua Alagoinhas, 33, é espaçosa e confortável, cercada de largo terraço, tudo da maior simplicidade, sem requintes de materiais nobres. Tudo simples como nós mesmos. Assim, nessa casa de telha-vã, o piso só poderia ser de lajotas de cerâmica, lajotas artesanais (as nossas foram encomendadas em Muritiba). Gilberbert era caprichoso, não fizera por menos: "Quero tudo muito *sincero*", dissera o jovem arquiteto, usando expressão do ofício, creio, pois a ouvimos ainda uma vez dita pelo renomado Sérgio Bernardes. Isso mesmo, em nossa casa tudo seria muito *sincero*.

Muito *sinceros* também os móveis do quarto de hóspedes da frente, junto à sala, onde Jorge, anfitrião de primeira, pretendia hospedar amigos, muitos amigos, personalidades e não-personalidades que, certamente a seu convite, chegariam de todas as partes do Brasil e do mundo.

Os móveis desse quarto de hóspedes, a bem dizer, não são móveis. Feitas de alvenaria revestida de azulejos, as bases das duas camas; as mesas-de-cabeceira e uma penteadeira foram presas ao chão e à parede (há alguns anos, as duas camas do quarto da frente foram transformadas numa só, de casal).

O telhado alto de telhas coloniais é sustentado por grossas vigas de madeira. Comentando a resistência das vigas com Carybé, Jorge fazia restrição ao acabamento: "Você não acha, Caryba, que essa peça reta, sobrando nos cantos, destoa do resto?"

Carybé apenas assentia com a cabeça, concordava. Sem dizer nenhuma palavra sequer, saiu em busca de uma escada, subiu e, com um ligeiro traço de lápis, deu a solução que a tal viga merecia: desenhando o perfil de um pombo na sua extremidade. "Agora só falta o olho", disse. Depois que, seguindo o traço do artista, a madeira foi recortada, o olho foi colado. Uma bolinha de gude completou o serviço, dando vida não apenas à ave que Carybé acabara de criar, como às outras, nos quatro cantos da casa, que também mereceram o seu carinho.

As duas portas de madeira da sala também são invenção de Carybé: embora, à primeira vista, não haja quem diga, elas têm espaço para ventilação e transparência. Estando a sala no escuro, a porta ficará iluminada caso seja acesa uma lâmpada no lado de fora.

Os vidros da porta de nosso quarto e dos basculantes de nosso banheiro, voltados para a varanda, foram pintados por Jenner Augusto, flores e pássaros coloridos.

Nossa cama, como a do quarto de hóspedes, é de alvenaria, porém, cama larga, de casal. Jorge não suportava dormir em camas separadas. Em nossas viagens, ao nos hospedarmos em hotel, a primeira coisa que ele exigia era cama de casal. Se por acaso só houvesse camas de solteiro, ele dava um jeito retirando a mesa-de-cabeceira do centro e encostando as duas camas pequenas.

HÓSPEDES DO QUARTO DA FRENTE

Muitos casais habitaram o quarto de hóspedes da frente quando as camas ainda eram separadas. A lista é enorme e eu poderia citar de cabeça ao menos uma dezena, mas esqueceria, certamente, muitas mais. Lembro-me bem de um dos primeiros hóspedes: Gabriel d'Arboussier, ilustre personalidade africana, com Tatania, sua mulher. Ele, de uma finura a toda prova, não reclamou, nem mesmo quando, durante a noite, despencou sobre sua cabeça um quadro pendurado à altura de seu braço levantado. Felizmente, o quadro era leve, não chegou a causar danos. Mesmo assim, Tatania, que não tinha lá as finuras do marido, não gostou das camas separadas e desabafou reclamando, quando da queda do quadro durante a madrugada.

Neruda não fez cerimônia, dormiu apenas uma noite e logo pela manhã arrumou as trouxas:

— Vão me desculpando, compadres, mas em camas separadas não dormimos, nem eu nem Matilde. — Mudaram-se para o Hotel da Bahia, na ocasião o único na cidade que oferecia um certo conforto. Passavam o dia conosco mas iam dormir no hotel.

Faço um esforço de memória e procuro lembrar meus hóspedes, casais e solteiros: Antonio Olinto e Zora; meus filhos — João Jorge, e Dôra; Luiz Carlos, com Conceição e minhas três netas: Adriana, Camila e Valéria; Paloma —; Roseana Sarney e Jorge Murad; Misette Nadreau; Anny Claude Basset; o pintor Zbigniev, Georges Moustaki; Anna Seghers; Beatriz Costa; Sonia Braga; Chico Anysio; José Condé e Maria Luiza; Odylo Costa, filho com Nazareth; Tereza e Márcio Amaral; Antoinette Halery; James e Luiza Amado; Fernanda Amado; Moacir Werneck de Castro com Nené; Arnaldo Estrela com Mariuccia Jacovino, entre outros.

Matilde Urrutia, viúva de Neruda, passou conosco uma semana, após a morte do marido, ao vir à Bahia trazendo os originais do livro de memórias dele, para aconselhar-se sobre alguns detalhes de trechos vividos pelos dois compadres.

Matilde passou conosco uma semana e logo depois que partiu recebemos uma visita do FBI. Queriam confirmar se a senhora Urrutia era a viúva de Neruda e onde se encontrava.

— Matilde Urrutia esteve na Bahia e já viajou — disse Jorge, secamente, e não encompridou conversa.

MOUSTAKI

Georges Moustaki — grego ou francês?, já nem ele sabe, depois de tantos anos vivendo na França — foi nosso hóspede várias vezes. Nosso amigo fraterno apaixonou-se pela Bahia e voltou sempre que pôde. Vinha para dar concertos ou apenas para matar saudades. Com ele dormiram, no quarto de hóspedes, Mário Lima, violonista que o acompanhava em suas turnês, e Marta Contreras, jovem chilena, percussionista e cantora de sua orquestra.

Certa ocasião, Moustaki chegou a Salvador com Mário para assistir à festa de Iemanjá e, como de hábito, hospedaram-se no quarto da frente. À tarde os dois desceram para a festa do Largo. "Não nos esperem para jantar, vamos entrar na batucada", disseram.

Nem vimos a hora que eles chegaram. Pela manhã, tomávamos café, quando a porta do quarto se abriu e dela surgiu uma jovem loira, loira como um trigal maduro, peitos empinados, figura impressionante. Tipo estrangeiro, talvez alemã, russa, polaca... Não devia falar o português nem ter o mínimo princípio de educação, pois não balbuciou uma única palavra, nem bom-dia nos disse, nem mesmo esboçou um gesto ou um sorriso. Não nos deu a mínima bola, sentou-se à mesa e serviu-se com apetite, talvez julgando estar numa pensão. Até então calado, divertindo-se às pampas com aquela surpreendente cena, Jorge disse apenas uma frase: "Vejam só a peitudinha!..."

Ao despertar, na hora do almoço, Moustaki já não a encontrou. A peitudinha passeara pelo jardim, andara pelo terraço, entrara no quarto dos rapazes umas duas ou três vezes e dera o fora.

Curioso, querendo tirar uma dúvida, Jorge perguntou a Moustaki:

— Me diga uma coisa, Georges, mate minha curiosidade: qual de vocês dois conseguiu dividir uma cama tão estreita com moça de peitos tão grandes?

Moustaki riu:

— Você sabe que nem lembro? Caí na cama e dormi.

O telefone tocou, alguém atendeu:

— É pra você, Jorge.

— É homem ou mulher?

— Pode ser homem ou mulher, ou os dois.

— Alô! É Jorge.

Do outro lado da linha uma voz masculina suspirou:

— Paixão!

Sem conseguir conter o riso, o dono da casa chamou seu hóspede:

— É com você, paixão.

Moustaki foi quem mais se divertiu com a história, e passaram, desde então, a chamar-se de *Paixão*.

Moustaki inspirado

Ao regressar a Paris, Georges Moustaki compôs duas músicas inspiradas na Bahia: *Bye, bye, Bahia* e *Bahia*, onde há um verso que diz: "*C'est la que j'ai retrouvé le paradis de coté de chez Jorge Amado.*"

Os móveis

Lev Smarcevsky encarregou-se de mobiliar a sala principal. Além da mesa e das cadeiras, colocou um longo aparador entre duas portas; ao fundo, dois pequenos móveis ligados por um sofá sob um janelão com grade de ferro, de Mário Cravo, dando para o jardim. Móveis pousados sobre uma base de vinte centímetros de alvenaria, revestida de azulejos, com desenhos — sempre de Carybé — representando as armas de Iemanjá e de Oxóssi, orixás que, segundo nossa saudosa mãe-de-santo, Mãe Senhora, do Axé do Opô Afonjá, protegem a casa e seus moradores.

Os quartos dos meninos eram muito simples: o de Paloma, amplo com uma porta que dava para o jardim — hoje é a piscina; o de João ficava ao lado do quarto de Lalu, com uma janela de treliça dando sobre o terraço e, ao longe, a casa de Iemanjá no largo de Santana, sobre o mar.

O terreno enorme, quase vazio, além de mato raso, tinha apenas os dois velhos e altos sapotizeiros, que não roubavam a vista.

Tampouco roubava a vista a escultura do Exu, colocada no início do jardim, em frente à janela de João.

O COMPADRE EXU

Obra de Mestre Manu, o negro Exu de ferro fora encomendado por Jorge para ser o guardião da casa.

A grande escultura já instalada, no dia seguinte Jorge recebeu um recado de Mãe Senhora, que fosse ao seu terreiro com a maior urgência, precisava falar-lhe.

— Sim senhor, seu Jorge — foi reclamando —, o senhor coloca o "compadre" em sua casa, sem cuidar dos preceitos, sem lhe oferecer o que é preciso?! — ralhou a mãe-de-santo antes mesmo de cumprimentá-lo.

Jorge riu, um tanto surpreso:

— Não tive a intenção de desrespeitar o nosso orixá, minha mãe. A escultura que coloquei no meu jardim é apenas uma obra de arte para enfeitar a casa. Nada mais que isso.

— Ora veja, ora veja! Enfeitar a casa com nosso "compadre". Com Exu não se deve brincar, seu Jorge. Amanhã pela manhã, sem falta, vou mandar uma pessoa aqui da casa fazer o assentamento.

Em torno do Exu, o emissário de Mãe Senhora, logo cedo, no dia seguinte, cavou uma valeta e, nela, cantando e dizendo coisas que não entendi, enterrou um frango, charutos, azeite-de-dendê e aguardente. A mim foi dada a tarefa de oferecer-lhe, às segundas-feiras, um gole de cachaça, coisa que faço sempre que estou na Bahia, até hoje. Despejo o cálice de aguardente sobre sua cabeça e, às vezes, até assobio a musiquinha de seu agrado que Pierre Verger, entendidíssimo nos gostos de Exu, me ensinou.

Devido a seus chifres e a sua longa cauda, sempre achei que Exu fosse o diabo. Levei um carão de Mãe Senhora ao levantar essa hipótese.

— Não repita mais isso, menina! Mania dessa gente achar uma coisa dessas de um santo forte e bom como ele! Exu é um santo poderoso, às vezes é um pouco travesso, gosta de pregar peças, lá isso é verdade, mas não gosta que chamem ele de diabo.

Anos depois Jorge ganhou do escultor Tati Moreno uma escultura de Maria Padilha, também conhecida como Pombagira, a que trabalha para resolver problemas amorosos, paixões não correspondidas, traições, solidão...

Jorge não pensou duas vezes:

— Vou instalar Maria Padilha ao lado de Exu para fazer-lhe companhia, tirá-lo da solitude em que vive. O *compadre* vai ficar feliz. — Assim dizendo, Jorge colocou a escultura ao lado de Exu.

Nova convocação o levou à casa de Mãe Senhora.

Como podia a mãe-de-santo saber o que se passava em nossa casa, com tanta rapidez? Haveria um fuxiqueiro ou teria ela sabido através dos búzios? Mestra em comunicar-se com os orixás pelo jogo de búzios, outra não poderia ter sido a fonte, não havia dúvida.

Ainda uma vez, Jorge levou uma bronca antes mesmo de dizer bom-dia à Mãe Senhora:

— Como é que o senhor, seu Jorge, faz uma coisa dessas? — foi reclamando a mãe-de-santo. — O senhor então não sabe que o "compadre" e Maria Padilha não podem ficar juntos?

— Não, eu não sabia — respondeu Jorge. — Eles não são marido e mulher? É o que dizem por aí...

Sem confirmar se sim ou se não, ela disse apenas:

— Não se dão bem e, aprenda uma coisa, meu amigo, *quem fala demais dá bom-dia a cavalo.*

Maria Padilha foi transferida para o outro lado da casa, longe do Exu, junto da piscina, em meio de uns arbustos, quase escondida.

LIBERDADE DE PENSAMENTO

Mesmo sendo ateu, Jorge era amigo de mães e pais-de-santo, de padres da Igreja Católica e de outras religiões. Respeitava a todas e esteve sempre à frente no combate a qualquer tipo de preconceito e de intolerância religiosa, a favor da liberdade de pensamento e de credo.

Na boca de Pedro Archanjo, personagem de *Tenda dos milagres*, Jorge colocou uma frase sua que repetia sempre ao ser interpelado sobre sua ligação com o candomblé: "Sou materialista, mas meu materialismo não me limita." Da mesma maneira, ao ser criticado por sua amizade com políticos pichados de reacionários, ele respondia: "Penso com minha cabeça e não sou cego."

Ainda jovem, quando a liberdade religiosa era limitada, sendo a religião católica quase oficial, outras apenas toleradas e as religiões de origem africana perseguidas e atacadas com violência, Jorge lutou contra essa violência e perseguição. Passou a freqüentar os terreiros de candomblé de Mãe Aninha e de Joãozinho da Goméia, os mais visados e atacados. Escreveu artigos para jornais, defendendo as religiões proibidas, escreveu em seus livros sobre as arbitrariedades existentes. Seu relacionamento com o candomblé vem desse tempo. Deram-lhe o título de obá de Xangô, fecharam-lhe o corpo para que jamais algo de mal lhe acontecesse.

Depois de longa e dura luta, Jorge conseguiu seu intento. Deputado federal na Assembléia Nacional Constituinte, em 1946, autor do projeto de lei que dava liberdade a todos os credos religiosos, viu sua iniciativa aprovada: a inclusão na Constituição Federal da garantia de liberdade de culto.

MENININHA DO GANTOIS E SUAS FILHAS

Mãe Menininha do Gantois foi uma de nossas amigas mais queridas. Costumávamos visitá-la sempre que podíamos. Jorge dizia: "Vou descansar minha cabeça, vou conversar com Menininha, ouvir suas histórias."

Mãe Cleusa, ialorixá, sucessora da própria mãe de sangue, também foi nossa amiga querida. Deixou-nos muito cedo. Carmem, outra filha de Menininha que sucedeu a irmã, trazendo uma bagagem de ensinamentos e sapiência, herdadas da mãe e da irmã, comanda com energia e bondade o terreiro do Gantois. Mãe Carmem está sempre presente nos momentos mais difíceis, amiga querida.

Olga de Alaketu

A ialorixá Olga de Alaketu é figura poderosa. Impressiona vê-la comandando a festa de seu santo, no barracão da Luiz Anselmo, quando, vestida com elegância, turbante imponente enrolado na cabeça, colares e pulseiras os mais espetaculosos, dançando num rodopio fantástico, recebendo Iansã.

Amiga nossa desde que chegamos à Bahia, com Olga de Alaketu tenho uma história que não posso esquecer.

Também amigo e quase vizinho de Olga, ao levar, pela manhã, sua filha Sossó para o colégio, Carybé costumava dar uma passadinha pela casa da mãe-de-santo, batia um papinho com a amiga, tomava um café.

Naquela manhã, Carybé tinha uma consulta a fazer-lhe:

— Veja só, Olga, tive um sonho maluco esta noite — foi contando. — Sonhei que cheguei à casa de Jorge e ele me disse que Zélia tinha parido uma criança que já andava e falava. Parece que já tinha sete anos.

— Andava e falava? De sete anos? — interrompeu-o Olga. — Isso não é coisa boa.

— Pois é — continuou Carybé —, passei agora, antes de vir aqui, na casa deles e Jorge me disse que Zélia passou a noite gemendo de dor nas costas.

— Virgem! — assombrou-se Olga. — Isso é coisa-feita, não pode ser outra coisa. Vou dar um pulo lá no Rio Vermelho.

Na véspera, quando com Norma e outras parceiras jogava cartas, senti repentinamente uma forte dor nas costas, como se tivesse dado um mau jeito. A dor não passava e eu tomei um analgésico. Deitei com a dor e com ela acordei.

Estava eu estirada, gemendo, à espera do médico, chamado por Jorge, mas quem chegou antes foi

Olga de Alaketu trazendo uma braçada de ramos de plantas variadas.

— Isso é coisa-feita por gente da casa — diagnosticou a mãe-de-santo. — Quem é que trabalha aqui?

Nossa cozinheira freqüentava terreiros, isso sabíamos, mas nunca conversáramos com ela a respeito.

Olga quis ter um particular com a dita cuja, foi à cozinha e acabou descobrindo tudo. Maria, a cozinheira, trouxera, havia dias, para morar com ela em nossa casa, uma filha com uma criança que apenas andava. O marido abandonara a moça e a mãe achou por bem lhe dar pousada, coisa digna e compreensível, só que ela não nos consultou. Descobrimos a invasão ao perceber o movimento na cozinha e ouvir o choro da criança.

Precisando de paz e sossego para trabalhar, Jorge não podia sacrificar sua tranqüilidade, foi categórico: podia ajudar a moça com dinheiro, desde que ela encontrasse outro pouso. Lá em casa não era possível!

Pedindo socorro ao terreiro que freqüentava, Maria, a cozinheira, voltou com receita garantida para dobrar o *bicho*.

Num caldeirão de água, aferventou as folhas milagrosas e em seguida despejou a poção, porta afora, escadas abaixo. Como se isso não bastasse, espalhou uns pozinhos pelos cantos da casa.

— Trabalho de caneteiro! — sentenciou Olga. — Ora veja! Despejar essa água peçonhenta porta afora é ignorância, é até perigo de vida. Como Jorge tem corpo fechado, nele nada pega, mas pega na pessoa mais próxima a ele. E quem é a mais próxima? Só pode ser Zélia e é ela quem está pagando o pato — concluiu Olga.

Com o ramo de galhos que trouxera, ela foi batendo, *vapt, vapt, vapt,* sobre meu corpo, de cima a baixo, de baixo a cima, folhas e ramos se partindo, espalhando-se sobre os lençóis e ela dizendo coisas que eu não entendia, até expulsar os males que me invadiam.

— Como está se sentindo, minha filha? — perguntou Olga, suada dos pés à cabeça.

— Estou bem, Olga. A dor passou.

A dor passou milagrosamente e eu, mais uma vez, pensei, assombrada, nos segredos e mistérios da Bahia, tão presentes nos romances de Jorge.

Mãe Stela

De Mãe Stela, sucessora de Ondina, que por pouco tempo foi mãe-de-santo do Axé do Opô Afonjá, fomos padrinhos de casamento. Desde muito jovem, Stela fora a filha-de-santo escolhida por Mãe Senhora para substituí-la e tomar a direção do terreiro, quando um dia ela faltasse. Até hoje, Mãe Stela comanda a casa, com pulso firme.

Luiz da Muriçoca

A proteção dos orixás nunca nos faltou. Vez ou outra Luiz da Muriçoca, babalorixá do terreiro de Ogum na Vasco da Gama, instalado no alto de uma ribanceira, lugar de difícil acesso, aparecia lá em casa.

A um pedido seu, Jorge conseguiu com o prefeito que fossem feitas escadas até o alto onde funcionava seu barracão, facilitando a vida do pai-de-santo e dos freqüentadores do terreiro.

Fomos à inauguração da obra e, em plena festa, o dono da cabeça de Luiz da Muriçoca — que outro não era senão Exu — baixou nele, e o pai-de-santo, que não era jovem, dançou como se um menino fosse, em vertiginosas piruetas, numa coreografia alucinante, que nos deixou perplexos.

NEZINHO

Outro babalorixá, homem de grande sabedoria, Nezinho, foi quem descobriu, através dos búzios, que, além de Oxum, sou filha de Euá:

— Orixá da determinação, valente, cobra! — protestei, enquanto Jorge ria:

— Cobra, hem?

Ora! Eu ouvira não apenas de Mãe Senhora, como também de Menininha do Gantois, que minha protetora era a mesma delas: Oxum, dengosa e vaidosa, orixá das águas serenas, das águas doces... Agora vinha Nezinho com essa novidade de Euá, a *cobra. Eu* protestei, mas Nezinho insistiu:

— Pois tem as duas. É de Oxum e de Euá com certeza — garantiu com veemência e não recuou.

DOM ABADE

Protegido por orixás, amigo de mães e pais-de-santo, Jorge foi também amigo de um grande homem da igreja católica: dom Timóteo Amoroso Anastácio, abade do Mosteiro de São Bento.

Mente aberta, dom Abade não tinha o mínimo preconceito contra nenhuma outra religião. Estudioso das religiões africanas, dom Abade costumava freqüentar terreiros de candomblé e rezava missas em sua igreja, encomendadas por mães e pais-de-santo — missas na igreja católica, lotada com a presença de mães e filhas-de-santo e de todos os crentes do terreiro.

Jorge mantinha também bom relacionamento com dom Clemente Nigra, da igreja de Santa Tereza.

Foi dom Clemente quem oficiou a missa de um mês, mandada rezar por Jorge, a pedido de Lalu, pela alma de seu pai. Depois da missa, Jorge ofereceu um almoço ao padre, em nossa casa. Lalu ficou meio desconcertada ao ver dom Clemente chegar vestido à paisana, camisa de mangas curtas, nada de batina.

— Tu achas que ele é padre de verdade? — perguntou-me.

— Claro que é. A senhora não assistiu à missa?

— E essa missa valeu alguma coisa? — monologou, a voz baixa.

Fundação Casa de Jorge Amado

Ao ser inaugurada a Fundação Casa de Jorge Amado, no largo do Pelourinho, para a qual Jorge entregou todo o seu acervo de sessenta anos de escritor, estiveram presentes ao evento o presidente José Sarney, Antonio Carlos Magalhães, o governador João Durval Carneiro e personalidades fundamentais para a Fundação tornar-se uma realidade. Dom Timóteo Amoroso Anastácio e Luiz da Muriçoca foram convidados para abençoar a casa.

Depois de proferir palavras de amor, pedindo a bênção de Deus para essa nova instituição cultural que a Bahia ganhava, dom Abade deu a palavra a Luiz da Muriçoca, que, dizendo apenas "Axé", abriu uma janela e soltou um pombo branco que mantinha preso nas mãos. A ave, em liberdade, voou e sumiu no céu azul da Bahia.

Almoço na Alagoinhas, 33

A inauguração da Fundação foi comemorada com um almoço na Alagoinhas, 33. Em mesas espalhadas pelos terraços, piscina e jardim, acomodamos quase quatrocentas pessoas sentadas, pessoas de todos os credos políticos e religiosos.

Interpelado sobre quem podia ou não convidar para o almoço, Jorge não quis saber de conversa, chamou quem bem quis, mesmo pessoas que eram, entre si, inimigas políticas. "Não tenho nada com isso", dizia ele, a quem o advertia citando nomes. "Eu não sou inimigo de ninguém. Eu convido, não faço discriminação. Vem quem quiser, todos são meus amigos." E foi assim que realizamos em nossa casa um almoço extraordinário, com a presença de José Sarney, presidente da República, vindo especialmente para a festa, ministros, senadores, deputados, amigos: do candomblé, da igreja católica e amigos sem rótulo, simplesmente amigos. Ninguém recusou o convite, ninguém faltou, tampouco faltou o clima alegre da amizade.

Jorge jamais foi tão felicitado como nesse dia pela proeza tão bem-sucedida.

Houve um convidado de última hora, um escritor soviético, que viera à Bahia para dar um recital de poesias. Figura pitoresca, num terno vermelho, Evtuchenko fazia sucesso, lotando auditórios, não sei se pelos versos que declamava em russo, ou se pela grande emoção que transmitia com sua voz potente e seus largos gestos.

Assistimos a um de seus recitais, e aí soubemos que o poeta, ao ouvir falar no almoço que íamos oferecer, manifestara o desejo de ser convidado.

Com seu chamativo terno vermelho — ou seria cor de morango? —, Evtuchenko coloriu o nosso grande almoço.

AS LARANJEIRAS

Um belo dia recebemos a visita de um engenheiro agrônomo, professor da Escola de Agronomia de

Cruz das Almas, especialista em laranjas-de-umbigo. Pessoa simpática, depois de dar uma olhada naquele terreno enorme, disse a Jorge:

— Se o senhor quiser, as melhores laranjeiras da Bahia poderão cobrir este terreno. Com enorme prazer a nossa Escola lhe oferecerá as mudas.

O professor não precisou insistir. Entusiasmados, aceitamos em seguida a generosa oferta e em poucos dias as laranjeiras chegaram.

Seguindo as instruções do competente jovem, plantamos as mudas em terra fofa, cercadas de farto adubo. Deveriam prontamente crescer e produzir frutos. Jorge não abriu mão de chamar Carybé para provocá-lo, botar-lhe água na boca. Sem mesmo conseguir disfarçar o riso de desafio, disse ao amigo:

— Você, meu compadre, não tem laranjeiras em seu pomar, não é mesmo? Pois então, não faça cerimônia, venha em breve aqui em casa, chupar laranjas conosco. Vamos ter as melhores deste mundo... Traga a comadre Nancy e os meninos...

Nem breve nem nunca, nem as melhores nem as piores. No dia seguinte à visita do compadre, não havia mais uma única folha nos pés. As formi-

Jorge Amado
sentado embaixo da mangueira no jardim da casa do Rio Vermelho. Em primeiro plano a escultura de Exu, obra de Mestre Manu.

Carybé e Jorge Amado, anos 90.

Mário Cravo e Jorge Amado em dezembro de 1993.

Jorge Amado e Zélia Gattai logo após a mudança para a *casa do Rio Vermelho*, anos 60.

Norma Sampaio.

Caetano Veloso e Jorge Amado.

Vinicius de Moraes, Zélia Gattai,
Jorge Amado e *baiana do acarajé*.

Jorge Amado e *Dorival Caymmi.*

Jorge Amado trabalhando *em um quarto de hotel* em Lisboa.

Dona Eulália (Lalu), mãe de Jorge Amado.

Carranca e *Chacha*.

O pato.

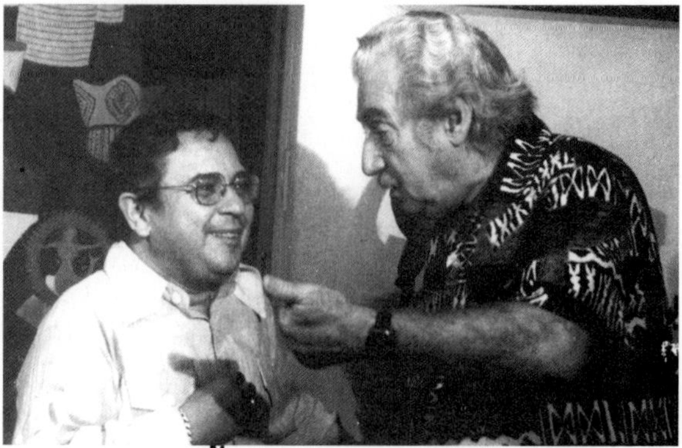

Calasans Neto e Jorge Amado.

Pablo Neruda.

Chorador iraniano.

Jorge Amado diante
do mural de Carlos Bastos
na capela do
Parque da Cidade.

Telha chinesa.

Casa da Pedra do Sal,
à rua do Lagarto Azul, nº 1.000.

Georges Moustaki
na casa da rua Alagoinhas.

Carybé e Matilde Urrutia, viúva de Pablo Neruda, diante de mural na casa do artista.

Escultura de Exu.

Jorge no jardim, ao lado da escultura de *Exu*.

Zuca, o jardineiro e matador de formigas.

Mãe Menininha do Gantois.

Jorge Amado e *Harry Belafonte* na casa do Rio Vermelho.

Jorge Amado e *Antônio Carlos Magalhães*.

A seriema na sala.

João com *Fusca*.

Jorge e Chacha, nos anos 60.

Jorge com o *gato Nacib*.

Guillén com Pituco.

Nacib tenta pegar Pituco.

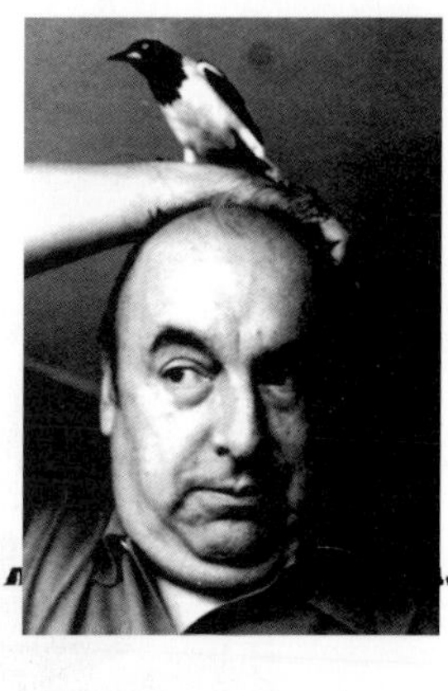

Neruda com Pituco.

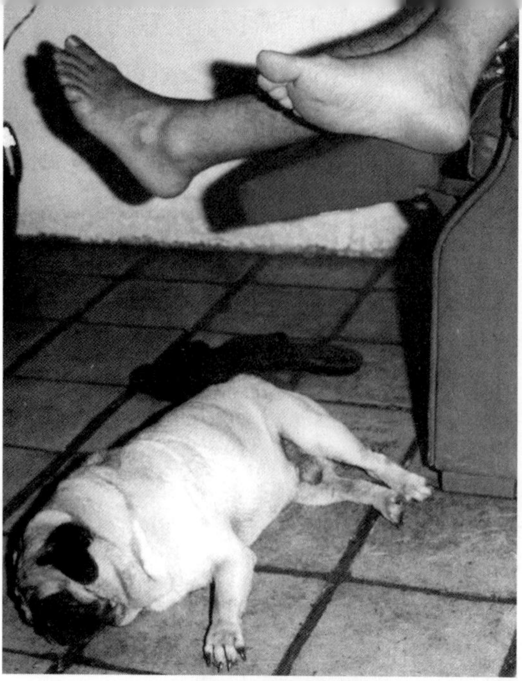

Pickwick aos pés de Jorge Amado.

A família reunida no jardim: Pedro Costa, Jorge, João Jorge, Paloma, Mariana, Zélia, Bruno e Mariinha.

Viagem de navio.

"Lago" com a *Iemanjá* de Mário Cravo.

Jorge com *Gilberto Gil* e o ministro de Cultura da França, Jacques Lang, em 1994, na casa do Rio Vermelho.

James Amado, Zélia e Jorge, em Portugal, 1991.

Jorge e Zélia na janela da biblioteca, com Picuco.

gas haviam devorado tudo. Só então nos demos conta de que nosso terreno era o paraíso das saúvas. Lembramos outra experiência que tivéramos, havia alguns anos, em nosso sítio no estado do Rio. Saúvas enormes, de possantes ferrões, cujo prato preferido era nada mais nada menos do que folhas de laranjeiras, haviam acabado com nosso laranjal.

Dar cabo das formigas para sempre não era fácil. Levamos vários meses acompanhando o trabalho de Zuca, especialista no extermínio dessas pestes destruidoras. Zuca lutava e suava sem conseguir vencê-las. Matava um formigueiro aqui, surgia outra panela ali. O jeito era atacar também as da vizinhança, de terrenos infestados como o nosso.

A invasão se dava durante a noite. Lá vinham elas, em largo carreiro, subindo a ladeira, galgando nosso muro, ocupando sem dó nem piedade aquela terra onde haviam reinado e encontrado fartura.

Já se passaram quarenta anos desde que isso aconteceu e Zuca continua até hoje atrás delas e também de cupins na casa.

Jorge tratou de informar-se sobre o paladar das saúvas, do que elas mais gostavam e também do que não gostavam. Daí, já doutor na matéria, começou a plantar: mangueiras, jaqueiras, jambeiros, cajazeiras, caramboleiras, fruta-pão, bananeiras. Outras dezenas de árvores desconhecidas surgiam sem serem chamadas, crescendo rapidamente, dando sombra e encobrindo o sol. Encobriam o sol, encobriam a paisagem.

Ao plantarmos o jambeiro e a mangueira, perto da casa, Jorge teve uma idéia:

— Vou mandar fazer banquinhos aqui junto e, quando as árvores crescerem, nós, já velhinhos, sentaremos de mãos dadas à sua sombra para conversar.

Jorge era caprichoso. Acompanhava com entusiasmo a plantação, não fazendo economia na compra do adubo. Caminhões e mais caminhões de estrume eram despejados em nosso terreno, as plantas se deliciando.

As árvores subiam em carreira vertiginosa na direção do céu, na disputa de um lugar ao sol. Verdadeira luta a que assistíamos, com os mais fortes tentando e conseguindo vencer os mais fracos, empurrando-os, abrindo brechas, subindo, subindo sem parar.

Carybé passara uns meses viajando e, à sua volta, admirou-se ao encontrar a plantação do compadre crescida daquele jeito. Ainda uma vez Jorge se divertiu:

— Veja só, meu compadre, somos filhos de Oxóssi. Como o compadre bem sabe, nosso orixá é santo da mata, é caçador. De minha parte, honro o título que me deram no Axé do Opô Afonjá, sou obá de Xangô, filho de Oxóssi, de nome Otum obá Orolu. Trato bem o meu santo. Faço o que posso para agradá-lo, ofereço-lhe até uma floresta virgem, como você bem pode ver. E você?

Carybé não era homem de levar desaforo para casa. Resmungou:

— Floresta virgem, é? É... uma floresta... Pelo rumo que as coisas vão tomando, logo, logo, vou encontrar meu compadre andando por aí de facão em punho, abrindo picadas... Enfrentando animais selvagens...

— Está aí — retrucou Jorge —, boa idéia! Feras, bichos, vou providenciar...

O terreno já estava todo plantado, inclusive um lote que ainda não conseguíramos comprar.

Ao saber quem era o comprador interessado, o proprietário resolvera meter a faca, pediu quase o dobro do que o terreno valia. Indignado, Jorge resolveu desistir do negócio, não estava a fim de passar por otário... ser explorado daquele jeito. Não adiantaram os meus conselhos, ele fincou o pé, não queria conversa com o explorador. O jeito, então, foi me meter no negócio e, sem que Jorge soubesse, com ajuda de amigos, consegui comprá-lo, pelo preço devido, em meu nome. Nesse terreno construímos, anos mais tarde, uma casa para João Jorge.

A floresta ia crescendo com árvores escolhidas por nós e outras que surgiam, para nossa surpresa, como um pé de umbaúba, a de tronco liso, de imensas folhas, formando uma corola ao alto como se fosse de uma enorme flor. Um aroma inebriante acusou de repente a presença de jasmineiros silvestres, perfumando com suas minúsculas flores a escuridão da noite. A cada dia uma surpresa.

O BICHO-PREGUIÇA

As férias chegaram e a família se reuniu na casa ainda por terminar. Estávamos todos almoçando, um dia, quando Zuca surgiu alvoroçado, aliás, um alvoroço meio forçado:

— Venha vê, dotô, apareceu no jardinho um bicho enorme, feio que só vendo...

— Um bicho? Enorme? Tem certeza, Zuca? — Jorge fingia não saber do que se tratava. — Que diabo de bicho é esse? De onde é que veio?

— Sei, não, dotô.

O bicho que havia no jardim era realmente feio. Não custou esforço identificá-lo: tratava-se, nada mais, nada menos, de um bicho-preguiça.

Na falta de um animal feroz para animar sua *floresta selvagem*, ao voltar para casa, naquele dia, Jorge comprara de um cidadão, no largo do Rio Vermelho, um bicho-preguiça. Pediu a Aurélio, o motorista, que entregasse o animal a Zuca, recomendando-lhe que o soltasse no jardim. Recomendou ainda que o jardineiro aparecesse na sala quando estivéssemos almoçando e encenasse uma surpresa, dizendo não saber de onde havia aparecido o animal.

Bicho feio, de cara miúda para um corpo tão grande.

Deixado à vontade para ir aonde bem quisesse, o animal foi se afastando lentamente, se afastando, e Jorge atrás. Eu e os meninos atrás dele, curiosos para ver qual a árvore que ele escolheria, a sua preferida. Impaciente, Jorge reclamava:

— Anda, rapaz! Vam'bora! — e o *rapaz*, nada, nem te ligo.

Zuca arriscou um palpite:

— Eu acho que ele vai iscolhê o mulungu... é desse pé de pranta que esses bicho apricia...

O tal *pé de pranta* ficava lá no fim do terreno e, pacientemente, seguimos a preguiça — nome bem aplicado — durante um tempão até vê-la abraçar-se a um pé de umbaúba, como quem abraça um amigo querido e, lentamente, iniciar a subida, uma braçada agora, outra daí a muito tempo...

— Mas, Zuca você não disse que o que ele mais gosta é do mulungu? — reclamou Jorge.

Zuca não se apertava:

— É, ele gosta dos dois...

Não tivemos paciência nem tempo de esperar que o animal chegasse ao alto.

A notícia veio horas depois. Zuca, que fora nomeado por Jorge guardião do bicho, trazia a novidade:

— A preguiça, dotô, desgraçou com a *imbaúba*, foi direto no coração da pranta lá em cima, comeu as folha toda.

— Desgraçou o umbaúba? — repetiu Jorge entre surpreso e indignado. — Comeu tudo, lá em cima?

— É, acho que o coitado tava morto de fome...

— E onde estava você, que não tomou conta dele? Eu não lhe disse que não o perdesse de vista?... — a custo Jorge escondia a risada presa, diante da cara desapontada do jardineiro.

— Agora, dotô, a gente vai tê que chamá Zé Macaco pra tirá ele de lá. Só Zé Macaco mesmo pra fazê esse serviço...

ZÉ MACACO

Zé Macaco, cujo nome era Isidro, foi chamado. Enquanto isso, o guloso, lá em cima, continuava a banquetear-se.

Isidro ganhara o apelido de Zé Macaco, desde menino, devido à sua agilidade ao subir em árvores e em tudo que fosse alto. Seu trabalho era este: subir e podar. "Eu gosto mesmo é de distruí... cortá árvre é comigo mesmo", ia dizendo e rindo com sua boca falha de dentes. Seu trabalho nesse dia seria outro: trazer o bicho lá de cima. Com uma agilidade incrível, lá se foi Zé Macaco, umbaúba acima, nós todos só apreciando. Do alto, a preguiça ao alcance de sua mão, ele gritou:

— Posso atirá ela pra baixo, dotô?

O berro que Jorge deu para impedi-lo de cometer tal maldade assustou o maluco.

— Vou atirá, não, dotô, atiro não... tô só pileriano...!

A preguiça circulou pelo jardim ainda alguns dias e, depois de ter *desgraçado* o único pé de umbaúba que havia e os três de mulungu que restaram, desapareceu como que por encanto. Tempos depois, ela foi vista nos braços do mesmo indivíduo que a vendera a Jorge, no largo do Rio Vermelho. Lá estavam ele e seu ganha-pão.

Quanto a Zé Macaco, continuou a nos servir sempre que foi preciso e isso durou anos, até que um dia ele resolveu, depois de uma cachaçada, atirar-se ao chão para espiar debaixo da saia de Eunice, nossa empregada, senhora séria, pudica, que abriu a boca no mundo, indignada.

Zé Macaco nunca mais foi chamado, nem mesmo quando colocamos um mastro para hastear bandeiras, e era preciso alguém para endireitar a carretilha ao alto.

Desta vez, na falta de um animal selvagem para sua floresta, Jorge comprou uma seriema, ave pernalta. A seriema andava mais dentro de casa do que no jardim, era o encanto de Lalu e dos meninos.

Depois vieram os miquinhos, um casal de sagüis apareceu lentamente, sem ninguém saber de onde. Em pouco tempo foram reproduzindo, a fêmea sempre carregando um filhote nas costas. Muito lindos e ousados. Não contentes com aquele mundo de árvores para subir e descer, eles invadiam a casa e nada mais podia ser deixado sobre a mesa da sala que eles não comessem. Certa vez encontrei um bando deles devorando um bolo feito para a merenda. Jorge achava graça nas artes e no atrevimento dos bichinhos até o dia em que eles cortaram todos os botões de jambo do Pará, as flores dos primeiros frutos que a árvore daria. Seus pistilos solferinos forraram o chão, formando um deslumbrante tapete.

Dessa vez, mesmo diante de tanta beleza, Jorge não achou graça, resmungou:

— Não vamos salvar uma única fruta deste jardim, eles vão destruir tudo!

Foi chamado um técnico do zoológico, talvez ele tivesse meios de fazer recolher os ariscos bichinhos e levá-los para o zôo. Não houve jeito.

FAQUIR

Recomendado, já nem lembro por quem, apareceu Faquir para assumir as funções de faxineiro. A recomendação era boa: rapaz trabalhador, mãos fortes... Rapaz trabalhador, mãos de tenazes — partia um grosso galho de árvore com a maior facilidade, talvez até uma corrente de ferro ele destroçasse, se lhe pedissem —, trabalhador e forte, mas primário de fazer dó e de fazer rir.

Logo no primeiro dia, ao cair da tarde, ele quis saber:

— Dona, a que horas eu recolho os *niquinho*?

Achei graça da inocência de Faquir, pensar que podia capturar aqueles diabinhos soltos, mas foi ele quem, aos poucos, dia após dia, com a ajuda de uma toalha, capturou os *niquinho*, encaminhados em seguida para o zoológico.

No largo do Rio Vermelho funcionava uma escola do Mobral, para alfabetização de adultos. Toquei-me para a dita escola, a fim de matricular o nosso Faquir. Dias depois, fui chamada:

— O seu Faquir, dona Zélia, é caso perdido. Para ele seria preciso inventar um pré-Mobral — disse-me a professora —, nunca vi, em minha longa experiência de ensino, cabeça mais dura que a dele.

Como não alimentara nenhuma esperança de ver Faquir lendo e escrevendo, eu o matriculara nessa escola por desencargo de consciência. Não me decepcionei, nem me surpreendi, ri até com a idéia de um pré-Mobral.

Faquir só foi embora de nossa casa algum tempo depois, quando a *dona* — era assim que ele me chamava — perdeu a paciência com o abuso do moleque, ao vê-lo sentar-se entre Carybé e Mirabeau, que conversavam na sala. O atrevido fez espaço entre os dois, foi se acomodando e dizendo:

— Dei um duro filho-da-puta e agora quero descansar.

Depois dessa, Faquir foi descansar noutra freguesia.

Os cães

Desistindo de animais ferozes, Jorge comprou uma cadelinha *fox-terrier* paulistinha, que os meninos batizaram de Fusca. Fusca passou a ser o encanto da casa e Jorge achou que ela estava merecendo um namorado. Foi assim que ele resolveu comprar um machinho da mesma raça para fazer-lhe companhia, cujo nome seria Belair. Seria, porque logo no primeiro dia, mal havia chegado, Belair saiu correndo pelo jardim, atrás de Fusca, e, sem dar-se conta do perigo, caiu da ribanceira, indo estatelar-se de cabeça na calçada. Nem as compressas de mastruço que Lalu lhe aplicou deram resultado. Lá se foi nosso cãozinho.

Os gatos

Tínhamos três gatos siameses: Gabriela, Nacib e Vadinho, filho do casal.

Apegadíssimo a Jorge, Nacib tornara-se a sua sombra. Mais de um romance foi escrito com Nacib servindo de peso de papel. Era ver Jorge sentar-se à máquina, que ele, num salto, subia à mesa e acomodava-se sobre as páginas dos originais. A cada nova página, com muito cuidado, Jorge levantava o seu bichano para colocar a folha.

Certa vez, ao ver Jorge parado, segurando ao alto uma página escrita, indaguei:

— O que é que há? Qual é o problema?

— Fale baixo, não vá acordar o Nacib, que está dormindo tranqüilo — disse Jorge a meia-voz. — Estou esperando ele acordar para colocar a folha debaixo dele...

A preocupação de Jorge, agora, era Vadinho. O gato crescia a olhos vistos e ele receava que, de repente, o filho fosse cruzar com a mãe. Precisava conseguir, com urgência, uma fêmea para ele.

Numa viagem ao Rio, Jorge leu um anúncio: "Vendo linda gatinha persa azul..." "Se essa persa azul for tão bonita como anunciam, Vadinho vai se apaixonar por ela", entusiasmou-se Jorge.

Sem discutir preço e nem mesmo querer esperar pelo *pedigree* que faziam questão de lhe entregar ("Nossa casa é séria", dizia a proprietária, "não vendemos nada sem garantia"), Jorge batizou a gatinha: "Esta vai ser Dona Flor."

Levada para a Bahia, Dona Flor foi crescendo, crescendo, cada vez mais felpuda, cada dia mais linda. Jorge queria fazer Vadinho se interessar pela bela senhorita, colocando-os sempre juntos, curioso de ver o que resultaria de um cruzamento dos dois gatos: Vadinho, o siamês de pêlo baixo com a formosa e peluda gata azul.

Essa mania de Jorge de fazer experiências de cruzamentos de animais diferentes para ver no que é que daria, eu conhecia de longa data. No sítio, no estado do Rio, onde moramos enquanto ele foi deputado, era assim que fazia. Tínhamos galinhas e galos os mais estranhos: galinha branca com penacho vermelho, galo carijó com penas brancas nas asas, um horror! Tudo arte de seu Jorge, que maquinava essas coisas. Agora sua experiência seria com gatos.

Para frustração de seu dono, o gato não queria conversa com a bela, afastava-se ao vê-la se aproximar. Ao ouvir comentários do filho a respeito, dona Lalu tratou de esclarecer:

— Tu não vê, meu filho, que esse gato peludo é *avinhais*?

— *Avinhais*, minha mãe? O que é isso?

— Então tu não sabe, não?

Jorge bem que sabia o que ela queria dizer, mas fingiu não gostar de vê-la mudar o sexo de sua gatinha e, ainda por cima, chamá-la de *veado*.

— Onde foi que a senhora aprendeu isso, minha mãe? Coisa feia!

— *Avinhais*? Oxente! É o que todo mundo fala e tu também...

De repente a surpresa. Quem trouxe a novidade foi Zuca:

— Venha vê, venha depressa, dotô! Dona Frô tá lá no jardinho *incruzano* a Gabriela.

Corremos para ver a cena, mas chegamos tarde, o idílio já terminara. Somente depois de procurar por debaixo daqueles pêlos todos, descobriu-se a macheza do animal. Lalu tinha razão quanto ao sexo do bichano. Dona Flor era um belo e vigoroso macho, mas não era *avinhais*. Os empregados da casa passaram a chamá-lo de Dom Floro, mas, para nós, ele continuou sendo Dona Flor, pai de Chacha, fruto de seu romance com Gabriela.

Chacha

Nem pêlo duro, nem felpuda, Chacha era escura, de olhos amarelos, olhar penetrante. Não era bonita, mas atraía os gatos da vizinhança, e à noite era aquele miar e gemidos sem fim da gataria a rolar pelo telhado, numa folia desenfreada.

Tivéssemos, na ocasião em que demos nome a Chacha, as empregadas atuais de Auta Rosa e Calasans Neto nossa Chacha teria nome mais adequado: talvez *Miritriz* ou *Avadia*, como é chamada por elas a gatinha dos Calasans, fogosa como ela só ou, mais precisamente, como foi a nossa Chacha.

De repente, surpreendo-me a falar de gatos sem lembrar que o meu objetivo ao escrever sobre a casa que vai ser um memorial é informar, a quem interessar, como ela foi feita, os objetos que possui, os quadros, os amigos, os hóspedes, os animais e, sobretudo, qual foi o ambiente em que Jorge Amado escreveu e viveu durante quarenta anos. Surpreendo-me exagerando num assunto só: gatos.

Ainda teria muito a dizer sobre Chacha, contar, por exemplo, como, na sua primeira ninhada, ela veio parir em cima de mim, de madrugada, enquanto eu dormia, mas deixemos os detalhes para lá.

Não posso esquecer, isso não posso, de falar dos três gatos *manx*, trazidos da ilha de Man, situada entre a Inglaterra e a Irlanda. Gatos raros, quadris levantados, corpo e andar de coelho, lindos. Não foi fácil comprá-los, tivemos dificuldade mesmo em Londres, pois até lá esses gatos são raros. Trouxemos para a Bahia os nossos gatinhos já batizados: Ofélia e Hamlet, que eram filhotes, e Gipsy, já adulta. Quanto a Ofélia, tudo bem, mas Hamlet passou a ser chamado pelos empregados de *Omelete;* Gipsy simplesmente não era chamada.

Morta de ciúmes, de cima do telhado, Chacha, com seus grandes e penetrantes olhos amarelos, observava Jorge, que, ao lado da piscina, brincava com os gatinhos. Ao entrarmos em casa, Ofélia e Hamlet vindo atrás a uma certa distância, ouvimos de repente um barulho, um baque estranho e um miado doloroso que nos fizeram voltar ainda a tempo de surpreender, aterrorizados, Chacha estrangulando os dois gatinhos. Gipsy foi dada de presente à veterinária que cuidava deles.

O CORRUPIÃO

Nosso problema agora era trazer um corrupião, o pássaro sofrê, que vivia solto em nosso apartamento, no Rio de Janeiro.

O sofrê vivia em liberdade. Tínhamos um viveiro ao lado de uma cantoneira junto à janela da sala. O viveiro estava sempre de porta aberta e ele fizera sua morada entre as plantas. De plumagem preta e amarela, lindo e cantador, Pituco — nome que lhe deram os meninos — mantinha conosco e nossos amigos uma intimidade sem limites. Pousava na mão de Jorge enquanto ele escrevia; tirou dos lábios do escritor

Ferreira de Castro o cigarro que fumava e saiu voando com ele preso no bico; pousou no dedo que Simone de Beauvoir lhe oferecia; repetiu, na maior afinação, um trecho da música que João Gilberto estava compondo com Jorge para o filme *Seara vermelha*, deixando o compositor assombrado. Passeou pela casa toda no ombro de Nicolás Guillén; pousou na cabeça de Pablo Neruda e nela faria seu ninho, mesmo com poucos cabelos, não fosse retirado por Jorge; levou um lenço de Dorival Caymmi, num vôo rápido.

No viveiro de Pituco colocamos um ninho para ver se era macho ou fêmea e estávamos sempre de olhos atentos para descobrir dentro dele um ovo, mas qual! Pituco era macho mesmo. Foi aí que Jorge não resistiu e comprou na mão de um menino que vendia pássaros trazidos de Goiás, em frente ao Copacabana Palace, um pequeno corrupião. Bem menor que Pituco, esse devia ser fêmea, fariam um belo casal.

O danadinho era pequeno, mas valente. Ao chegar, portas e janelas já fechadas, o passarinho foi solto. Inocente, cordial, Pituco foi ao seu encontro para dar-lhe as boas-vindas, mas nem teve tempo para recuar. O recém-chegado deu logo prova de sua macheza, avançando, bicorando o outro, sem dó nem piedade, plumas pretas e amarelas voando por todos os lados.

Depois desse triste encontro, o viveiro foi dividido, cada qual para o seu lado, regalia de porta aberta apenas para Pituco, "pessoa de confiança", como disse Jorge. Brabolino — batizado pelas crianças — voltou para o cativeiro, como sempre vivera.

Neruda apaixonou-se por Pituco. O poeta e Jorge eram parecidos na maneira de ser, sobretudo em matéria de encantar-se por peças de arte, ou fosse lá o que fosse, que iam encontrando em andanças pelo mundo. Como Jorge, Pablo costumava dizer, ao deparar-se com algo que lhe tocasse o coração: "*Ya no puedo vivir sin esto.*"

Certa ocasião, em Pequim, numa de nossas andanças por esse mundo distante, visitando um bazar de antiguidades, Neruda deparou-se com um cavalo de pedra, réplica de um original, beleza de cavalo! Enlevado diante da peça, Pablo repetiu a frase já conhecida: "*Ai, que ya no puedo vivir sin ese cavallo!*" Liu, nosso intérprete, tratou logo de avisá-lo, transmitindo a opinião do conselheiro de artes, posto à nossa disposição pela União de Escritores Chineses: "Ele diz que a peça não é autêntica", explicou Liu. "A verdadeira encontra-se no museu. Esta é falsificada", repetiu. "*A mi poco importa que sea falsificada*", disse Neruda, "*nadie va impedirme de comprar ese autentico falsificado.*" E comprou. O cavalo que encantou Pablo encontra-se num dos museus que guardam a memória de Pablo Neruda, no Chile.

Em nossa casa, quando funcionar o Memorial Jorge Amado, serão encontrados pelos visitantes vários *autênticos falsificados*, peças que tocaram o coração de Jorge, em várias e distantes plagas.

Desta vez, Pablo apaixonara-se pelo passarinho que o ator argentino Hugo del Carril comprara em frente ao Copacabana Palace e que, não podendo levar para a Argentina, por falta de documentos, deixara sob a nossa guarda. Ao saber que não seria difícil também comprar um, Neruda não pensou duas vezes, saiu em busca de um sofrê, em frente ao hotel indicado, que ficava logo ali ao lado de nosso apartamento. Por sorte, encontrou o que procurava. O corrupião chegara de Goiânia naquela manhã, numa gaiolinha. Nessa mesma gaiolinha Pablo o levaria naquela noite para o Chile, sem papéis de autorização, clandestinamente. Levou-o, mas o pássaro não resistiu à viagem, chegou morto.

Quem dirá por mim o que o poeta sentiu, o quanto sofreu, será ele próprio, numa ode que escreveu e aqui transcrevo:

> Te enterré en el jardín:
> una fosa
> minúscula
> como una mano abierta,
> tierra austral,
> tierra fría,
> fue cubriendo
> tu plumaje,
> los rayos amarillos,
> los relámpagos negros
> de tu cuerpo apagado.
> De la fértil Goiânia,
> te enviaron
> encerrado.

No podías.
Te fuiste.
En la jaula
con las pequeñas
patas tiesas,
como agarradas
a una rama invisible.

Os corrupiões na Bahia

Um grande viveiro foi levantado em nosso jardim, junto ao Exu, dentro dele uma pitangueira, para acolher os dois corrupiões que trouxemos do Rio. Tivemos o cuidado de separar o gaiolão ao meio com uma tela de arame, para evitar possíveis conflitos. Infelizmente, nenhuma das duas aves poderia ficar em liberdade em nossa casa baiana.

Inocente e confiado como ele só, Pituco iria pousar nas costas de um gato e adeus viola! A festa aconteceria logo no primeiro dia. Tivemos que nos contentar em meter a mão, de vez em quando, pela porta do viveiro e fazer festinhas a Pituco, que, além da prisão, tinha que suportar os maus bofes de Brabolino, que investia contra a grade, metendo o bico pelos buraquinhos, tentando atingir o vizinho.

Ao voltarmos de uma de nossas viagens à Europa, não os encontramos mais. Haviam morrido.

Os *pug*

Os cãezinhos *pug* vieram conosco da Inglaterra. Encantaram-nos, sobretudo depois de sabermos que eram dóceis e amigos fiéis de seus donos. "Até a rainha da Inglaterra possui cães dessa raça. Leva-os para dormir em seus aposentos", dissera-nos o vendedor, buscando nos entusiasmar. Não foi a coincidência de gostos nossos com os da soberana britânica que nos entusiasmou. Ao pousar os olhos nos bichinhos, Jorge repetiu a frase definitiva: "Não posso mais viver sem esses cachorrinhos." Daí para comprar um casal, não demorou. O macho ficou sendo Mister Pickwick, e a fêmea, Capitu, personagens de Charles Dickens — paixão de Jorge — e de Machado de Assis respectivamente. Pickwick, nome difícil de ser pronunciado pelos empregados, passou a ser chamado de Picuco, mas Capitu continuou sendo Capitu até o fim de sua vida, depois de ter tido várias ninhadas e regalado amigos nossos, a quem demos as crias. Pickwick foi várias vezes campeão em concursos caninos, ganhador de medalhas e taças que ocupam um bom espaço numa estante de nossa casa.

Os Steiner

Um dia recebemos uma carta de Belém do Pará. Quem nos escrevia era Ruth Steiner, dona de uma cadelinha da mesma raça que os nossos, de nome Popota. Popota estava precisando de marido e em Belém ela não conseguira encontrar um *pug* para efetuar o casamento. Ficara sabendo que possuíamos um casal e, em sua amável carta, nos propunha promover um encontro de Popota com Pickwick. Se estivéssemos de acordo, ela e seu marido Rodolfo tomariam em seguida um avião para Salvador, levando a cadelinha, que se encontrava no cio. Foi assim que começou nossa amizade com o casal Steiner, gente da melhor qualidade. Picuco cumpriu sua missão direitinho e, no tempo certo, recebemos a notícia do nascimento da ninhada.

Fazendeiros de gado zebu na ilha do Marajó, Ruth e Rodolfo nos convidaram a passar uns dias em sua fazenda. Tínhamos grande curiosidade e desejo de ir a Marajó, conhecer a ilha de perto, pois já a conhecíamos através da leitura dos romances de nosso amigo, Dalcídio Jurandir, escritor vindo de lá e que descrevia sua terra e suas histórias com maestria e emoção.

Convite para a família toda, não fizemos cerimônia, aceitamos. Com João Jorge e Mariinha e seus filhos — nossos netos Bruno e Maria João —, Paloma e Pedro Costa e sua filha, Mariana, tomamos um avião e nos tocamos para Belém do Pará. Aguardavam-nos no aeroporto Ruth e Rodolfo, que, num gesto de delicadeza, levaram também Popota para nos receber.

Passamos uma semana em Belém, passeando, revendo amigos, pessoas que conhecêramos em viagem anterior com um grupo de amigos, comboiados pela jornalista Eneida de Moraes, dona da terra.

Jorge não gostava de viajar de avião e não se acanhava de confessar que sentia medo, ficava no maior nervosismo antes e durante as viagens, coisa que, no entanto, jamais o impediu de aceitar convites ou de matar o desejo de conhecer mundos distantes. Sempre que podia, em viagens mais longas — por exemplo, para a Europa —, preferia o navio. Até perdi a conta das vezes que atravessamos o oceano em grandes transatlânticos e, sobretudo, em pequenos navios da linha espanhola Ibarra, que fazia viagens regulares entre Salvador e Vigo, com escalas nas ilhas Canárias e Lisboa.

Diante do pequeno avião dos Steiner, que nos conduziria à sua fazenda em Marajó, temi que Jorge fosse recuar, mas não, subiu e nem reclamou. Seria uma viagem curta e, com certo esforço, ele agüentaria.

O avião pousou nas proximidades da fazenda, descendo numa pista curta, pequeníssima, construída sobre um mar de lama. A fazenda, nosso destino, ficava a apenas um quilômetro do pouso.

Aguardava-nos, ao lado do avião, um longo barco, um batelão, puxado por duas parelhas de búfalos, quatro vigorosos animais, escalados para nos conduzir, arrastando aquele longo e colorido barco sobre a lama.

Naquele mar de espessa camada de lodo cresciam pequenos arbustos e flores, verdadeiro jardim onde voavam borboletas e libélulas de todos os tamanhos e de todas as cores, espetáculo único, de beleza sem par.

No batelão couberam com largueza nossa família, bagagens e os dois barqueiros, que, manejando duas longas varas e com seus berros, familiares aos animais, os conduziam. Tive, por mais de uma vez, a impressão de entender o que diziam, compreender aquela linguagem particular que eu traduzia para: "Força! Vamos! Está faltando pouco!" Os animais chafurdavam as patas no lamaçal até encontrar a resistência do solo e, num novo impulso, seguiam em frente.

Fascinados por tão inesperada paisagem, nem sentimos a distância percorrida. Encantado, Jorge voltou a sorrir e até me pareceu que ele esquecera os maus momentos, os sustos que raspara no aviãozinho, quando o piloto, querendo prestar serviço, ser gentil, fizera acrobacias incríveis, baixando quase ao solo em vôos rasantes, na intenção de agradar o passageiro tão recomendado.

Manaus

Realmente repousados, demo-nos por satisfeitos, depois de uma semana paradisíaca na fazenda, as crianças montando em búfalos, Jorge regalando-se nas conversas com os boiadeiros, ouvindo suas histórias, e na satisfação do convívio com nossos amigos, anfitriões perfeitos.

Para a aventura ser completa, na volta, resolvemos encompridar a viagem indo até Manaus. Havia navios-gaiola que saíam de Belém, fazendo escalas em várias cidades até chegar ao seu destino. Não tivemos dúvida, viagem sedutora era tudo o que desejávamos, e aproveitamos a oportunidade.

Embarcamos com filhos e netos no *Lobo da Almada*, atravessamos a floresta amazônica, numa viagem de mil peripécias. Revoadas de papagaios barulhentos sobrevoavam nossas cabeças, uma serpente enorme tomava sol sobre um grande tronco de árvore caído. Ao passar por Óbidos, nos impressionou a estreiteza do rio: pareceu-nos que o barco não poderia atravessar entre as duas margens. De repente, um deslumbramento! O Amazonas tomara tal dimensão que nos pareceu ter desembocado no oceano e estar navegando em mar aberto.

Debruçados no tombadilho, apreciávamos o cardume de botos que acompanhava o navio. Um pescador, pessoa humilde, viajante da terceira classe, até então calado, ao ver nosso interesse, ao ouvir nossos comentários, não resistiu, resolveu dar sua contribuição:

— Olhe, dona — disse, dirigindo-se a Mariinha, que por ser veterinária era quem mais entendia e dava explicações sobre botos —, esses daí são do tipo que gostam de namorar moça donzela.

Novos amigos

Jorge costumava dizer que sua riqueza eram os amigos que possuía. Sabia cultivar amizades, "a amizade é o sal da vida", repetia sempre. "Onde quer que eu chegue, encontro porta aberta e mesa posta."

Em Manaus, nos aguardavam o escritor Paulo Jacob e Marilda, sua mulher. Conhecíamos Paulo Jacob através de sua literatura. Era a primeira vez que o víamos pessoalmente e o casal já nos oferecia "porta aberta e mesa posta".

Pessoa da maior simpatia, grande contadora de histórias, Marilda nos cativou em seguida. Tinham lido num jornal a notícia de nossa chegada e ali estavam, dispostos a nos hospedar. Preferimos ir para um hotel, mas os tivemos como cicerones durante a nossa estada em Manaus e os conservamos como amigos para sempre.

Chegava a hora da melhor parte da viagem: a volta para nossa casa. Dessa vez não eram as saudades dos filhos nem dos netos que nos faziam abreviar a viagem. Era a saudade de nosso lar, de nossas coisas, de nosso aconchego. Era também saudade de nossos animais, sobretudo de Picuco, o responsável por essa viagem, responsável pelo encontro com Ruth e Rodolfo e pelos novos amigos que havíamos conquistado.

Picuco e Capitu viveram muitos anos. Ao perder seus cãezinhos, tristíssimo, Jorge declarou nunca mais querer outros. Foi Paloma quem descobriu o canil de Thomás Bonilha, criador de *pug*, em São Paulo. O aniversário de Paloma se aproximava. Sabendo da saudade que o pai sentia de seu cachorrinho e de sua teimosia em afirmar não querer mais possuir cães, ela teve uma idéia: usaria um estratagema para oferecer ao pai um pugzinho do canil que descobrira. Pediu a Jorge que lhe desse, em seu aniversário, um cachorrinho *pug*. O presente foi dado.

Apenas chegara do aeroporto, aonde fora buscar o cãozinho, Paloma passou-o para as mãos do pai.

— Toma, meu pai, é Fadul Abdala.

— Obrigado, minha filha — disse ele, satisfeito —, por tê-lo batizado com nome de um personagem meu que tanto estimo. Fadul Abdala é simpático, gostei dele.

Ao ouvir seu agradecimento, achei que Jorge estava abdicando de sua teimosia e aceitando o cachorrinho que viria alegrar sua vida. Eu não me enganara, pois, desde então, Fadul, que ele dera à filha, passou a viver em nossa casa, sempre atrás de seu dono, dormindo em seu colo ou velando-lhe o sono.

Fadul cresceu e Jorge achou que chegara a hora de arranjar noiva para ele. Dessa vez não cogitou em misturar raças, queria um *pug* mesmo, e, como na Bahia esses cães eram raros, não víamos jeito de resolver o problema.

Todos os fins de tarde, eu costumava assistir a uma novela na qual aparecia uma cadelinha *pug*. Deitado no meu colo, Fadul a assistia comigo. Nesse dia, quando menos se esperava, Inez — a pugzinha — apareceu em primeiro plano na tela. Fadul deu um salto de meus joelhos para o aparelho e latiu. Foi aí que eu tive a idéia: telefonei em seguida para meu amigo Edwaldo Pacote, que era homem da Globo, no Rio. Pacote poderia resolver esse assunto para mim.

— Pacote? Aqui é Zélia. Me diga uma coisa: a Inez, personagem da novela, pertence à Globo ou é atriz contratada?

— Que Inez e que novela? — ria Pacote.

Explique do que se trata.

Depois de saber tudo, com todos os detalhes, Pacote ficou de me dar um retorno assim que pudesse.

— Pronto — disse ele, no dia seguinte —, a cadelinha não pertence à Globo mas já está tudo acertado, Fadul foi posto no *script* da novela, vai ser ator — disse rindo.

Meu amigo não custou a convencer-me a mandar Fadul para o Rio a fim de fazer uma participação na novela. Assim, seguiu nosso cãozinho, na companhia de meus netos Maria João e Jorginho, para os estúdios da Globo, no Rio de Janeiro.

Numa festa canina, festa de seu casamento com Inez, ele apareceu em meio a cães de todas as raças acompanhados de seus donos. Inez, a noiva, de véu e grinalda, o noivo Fadul, de fraque e cartola. Chamei Jorge:

— Venha correndo, depressa! Venha ver... olhe Fadul, que lindo! Parece que ele está meio encabulado, você não acha?... — Jorge aproximou-se da televisão, deu uma olhada:

— Coitado de meu cachorrinho! Essa Zélia inventa cada uma!

Fadul voltou do Rio tão virgem quanto foi, pois a cadela não estava no cio. Em compensação, ficou famoso, tendo que posar ao lado de crianças e adultos que tocavam a campainha de nossa porta pedindo para serem fotografados ao lado dele.

O LAGUINHO NO JARDIM

Encontrava-me no Rio quando, num telegrama, Jorge anunciou-me a novidade: "MANDEI FAZER UM LAGUINHO NO JARDIM STOP MÁRIO VAI NOS DAR UMA LINDA SEREIA PARA COLOCAR NO CENTRO STOP VAMOS TER SAPOS BEIJOS."

Ao chegar a Salvador, o lago já estava pronto, com baronesas espalhadas sobre a água, plantas que Jorge mandara apanhar no Dique do Tororó. No centro, a escultura da sereia de madeira pintada de vermelho, de Mário Cravo, uma beleza! Faltava apenas colocar, ao lado, o mastro para hastear bandeiras e conseguir uns sapos. O mastro foi colocado e o coaxar dos batráquios não tardou a ser ouvido. Enquanto isso, dois jabutis já circulavam por lá. (Esse laguinho já não existe. Depois que Carmelita, babá de minha neta, caiu dentro dele ao atravessar o jardim, em noite escura, e quase morre afogada,

Jorge transferiu a sereia para a sala e mandou aterrar o lago.)

Visitas e telefonemas malucos

Casa tão espaçosa, mas Jorge não tinha lugar certo para trabalhar. Queria ficar isolado e, ao mesmo tempo, a par do que se passava em torno. Curioso de saber tudo — quem havia telefonado, quem tocara a campainha da porta —, ele parava e perguntava: "Quem foi? O que foi?" Como o telefone tocava muito e sempre tinha alguém tocando a campainha, seu trabalho era muitas vezes interrompido. Nem sempre eram telefonemas importantes nem visitas interessantes que valessem a interrupção do livro que escrevia. Apareciam pessoas — e até hoje aparecem — querendo contar sua vida para o escritor escrever um livro, pedindo favores, empregos, principalmente.

Sobre essas visitas, lembro-me de uma de alguns anos atrás. Jorge escrevia sentado numa das extremidades da mesa de jantar, seu lugar preferido, situado entre a porta de entrada da sala e do telefone. Nessas ocasiões, eu ficava alerta para atender a quem aparecesse, tratava de defendê-lo, despachando o freguês ou freguesa, se fosse o caso.

Uma visita, dessa vez para mim. Senhora de meia-idade desembarcava de um táxi no exato momento em que eu chegava em casa. Desconfiada da visita, fui subindo as escadas rapidamente, mas, antes que eu chegasse à porta, ouvi seu apelo:

— Dona Zélia, por favor, espere dois minutos apenas.

Enquanto ela subia eu fui dizendo:

— Só dois minutos mesmo, estou muito ocupada.

Sentadas na sala, ela foi desembuchando:

— A mulher de meu filho, não sabe? Não vale nada.

— Sua nora? — perguntei por perguntar.

— Que nora o quê! Nem casada com meu filho ela é...

Resolvi então não perguntar mais nada, deixei que ela falasse.

— A senhora nem sabe o que ela fez... Os dois brigaram e ela deu duas tamancadas na cara dele, machucou ele todo. Eu quero ver essa bruxa na cadeia e vim pedir pra senhora me ajudar. A senhora sabe, esses delegados por aí não dão confiança pra gente pobre.

— E no que a senhora quer que eu a ajude?

— Quero que a senhora vá comigo até a delegacia.

— Nem pensar! — respondi. — Bateu em porta errada.

— Mas a senhora é muito importante, conhece todo mundo, desde ACM até o prefeito... É só a senhora pedir que o delegado bota aquela desgraçada na cadeia...

— Olha aqui, minha senhora — disse-lhe —, não adianta insistir, os dois minutos já se passaram e eu tenho muito o que fazer. — Tratei de despedi-la. — Vá me desculpando... — chamei Sirlene, minha secretária, pedi-lhe que a acompanhasse à porta.

Certa vez, atendi a um telefonema de uma jovem:

— Sabe o que é? Minha professora mandou os alunos lerem o romance de Jorge Amado, *Mar morto*. Agora ela quer que a gente escreva o que achou, se gostou ou não, enfim, tudo sobre o livro.

— E você gostou ou não?

— Aí é que está — disse ela —, não li o livro, não tive saco. Então eu queria que Jorge Amado me contasse, mais ou menos, o resumo.

— Escute aqui, menina, nunca ninguém lhe disse que você é cara-de-pau?

— A senhora acha?

— Só acho. Tchau e me telefone depois de ler o romance. Faça esse esforço.

Depois de ser inaugurado o Teatro Jorge Amado, na Pituba, os telefonemas aumentaram:

— Será que seu Jorge pode arranjar um lugar de atriz pra minha filha, no teatro dele?

Não adiantava explicar que o teatro não era dele.

— Se ele quiser, eu posso levá-la aí em sua casa pra fazer um teste. Ela é uma gracinha.

Outros pediam ingressos. Outros reclamavam ou elogiavam o espetáculo.

Ainda um telefonema para mim, acontecido há muitos anos:

— Estou falando com dona Zélia? Meu nome é Aristotelina — foi dizendo —, a senhora salvou a vida de minha filha.

— Salvei? Infelizmente não me lembro de ter salvado a vida de ninguém.

— Já faz muito tempo, por isso a senhora não se lembra, mas eu nunca vou esquecer.

Deixei que Aristotelina falasse, estava assombrada com tal revelação.

— Já vai pra quase trinta anos. Eu estava no último mês de gravidez. Tinha ido à Cidade Baixa fazer umas compras quando comecei a sentir as primeiras dores do parto. Assustada, entrei num bar ali perto do Mercado Modelo, pedi um copo d'água e, daí, senti que a bolsa tinha estourado. Comecei a gritar e aí juntou gente na porta. Nisso, apareceu a senhora, dona Zélia, dirigindo a sua limusine preta. Vendo aquela confusão, a senhora entrou no bar para saber o que estava se passando e, ao me encontrar naquele estado, me levou, no seu carro luxuoso, até o hospital. Foi só eu chegar lá que minha filha nasceu. Não fosse a sua bondade, a menina teria morrido. — Ela continuou a falar, queria explicar o motivo do telefonema. — Agora nasceu o filho dela — a que a senhora salvou — e eu gostaria que a senhora fosse a madrinha.

Nem quis discutir, explicar-lhe que nessa época eu nem morava na Bahia, que nunca possuíra uma limusine e que, ao chegar à Bahia, tivéramos apenas um fusquinha de segunda mão. Agradeci o convite, dei uma desculpa, não poderia ser madrinha de seu neto, apenas não tive a fértil imaginação da avó dessa criança, não soube inventar uma desculpa melhor, disse-lhe apenas que viajaria no dia seguinte, sem data para voltar.

Jorge, que ouvira o telefone tocar, me vira atender e assistira ao meu longo silêncio, perguntou:

— Que telefonema mais demorado foi esse? — Sem esquecer detalhes, contei-lhe como eu me tornara heroína na imaginação da mulher.

— É uma doida — disse ele —, não sei como você tem paciência de ouvir tanta bobagem.

Por essas e outras, algumas vezes tivemos de sair de casa para Jorge poder trabalhar sossegado.

Fugindo do telefone, em busca de tranqüilidade para trabalhar, passamos algum tempo na chácara de nosso amigo Dmeval Chaves, dono de livrarias em Salvador, na Boca do Rio. No primeiro mês, tudo correu bem.

Jorge escrevia à máquina, depois fazia correções à mão e eu passava a limpo. Sem telefone nem campainha de porta, o trabalho marchava. Depois do primeiro mês, no entanto, começaram a aparecer visitas — pessoas que chegavam de fora —, trazidas pelo próprio Dmeval. Tivemos que mudar de acampamento. Dessa vez, fomos para a casa de campo de Nair e Genaro de Carvalho, na antiga estrada do aeroporto. Lugar lindo, tranqüilo, o trabalho marchando. De repente, começaram a aparecer amigos, aos domingos. Depois, vinham aos sábados e ficavam para o domingo. Durante a semana, apareciam jornalistas para entrevistá-lo. Lá esteve, inclusive, Clarice Lispector, entrevistando-o para uma revista, não me lembro qual.

Da chácara de Genaro nos mudamos para a granja de Lígia e Zítelman Oliva, em Buraquinhos. Também não deu certo. O jeito era, pois, irmos para a Europa.

Londres

Antonio Olinto e Zora tinham um apartamento em Londres, onde já nos hospedáramos por alguns dias. Dessa vez a estada seria longa: Jorge escrevia

Tieta do agreste, estava embalado no trabalho e não podia interrompê-lo.

Um apartamento, no mesmo edifício dos Olinto, cuja proprietária viajaria por seis meses, nos foi alugado. A moça que nos alugou o apartamento mobiliado trancara os armários repletos de roupas, não nos deixando espaço para guardar coisa alguma, um desconforto só. Um belo dia, estávamos deitados depois do almoço quando ouvimos um ruído de chave na porta. Era a própria quem entrava, meio afobada, e, sem nos dar satisfações, nem mesmo nos cumprimentar, abriu um guarda-roupa, tirou alguns vestidos, colocou-os numa sacola e foi embora. Naquele dia mesmo decidimos nos mudar.

Com a ajuda de Olinto, alugamos um apartamento pequeno, nas imediações de sua casa, na George Street, e nos mudamos. Naquele pequeno apartamento, passamos vários meses na maior tranqüilidade. Eu assumi as funções de dona-de-casa, arrumando e cozinhando, passando a limpo os originais de Jorge sem os encargos de atender porta e telefone.

Embora tivéssemos em Londres vários amigos, decidíramos não fazer vida social, devíamos aproveitar ao máximo o nosso tempo, Jorge aflito para terminar o romance, aflitos estávamos para regressar à nossa casa.

As únicas visitas que fazíamos, vez ou outra, à noite, a não ser à casa dos Olinto, era à de Caetano Veloso, que, vítima da ditadura militar, havia sido obrigado a deixar o Brasil, com mulher e filho, e fora viver em Londres. Gilberto Gil, também, nas mesmas condições que Caetano, se despedira do Brasil com *aquele abraço* e encontrava-se em Londres, com *sua régua e seu compasso*; quando não íamos à sua casa, o encontrávamos na de Caetano.

Visitas limitadas, mas que nos possibilitavam uma convivência agradável e solidária com esses talentosos e injustiçados artistas. Essas visitas nos davam a oportunidade de encontrar em suas casas — sempre repletas de amigos brasileiros — outros jovens carentes de um aconchego.

Foi um tempo muito produtivo, o de Londres, mas não víamos a hora de voltar para a rua Alagoinhas. Recordo sempre a frase de Jorge: "O melhor das viagens é a volta para a nossa casa."

Dessa estada em Londres, Jorge voltou com seu romance quase pronto e encontramos à nossa espera Cecília, nova netinha, filha de Paloma.

Monte Estoril

Ainda um livro pedia tranqüilidade a Jorge. Viajamos para Portugal, a conselho de nosso amigo Nuno Lima de Carvalho, que nos reservou no Hotel Atlântico, em Monte Estoril, aposentos sobre o mar. Enquanto Jorge escrevia *Navegação de cabotagem*, eu alimentava gaivotas que vinham ao nosso balcão comer, em minhas mãos, migalhas de pão que eu lhes oferecia.

Temos muitos amigos em Portugal e eu temia que aparecessem, mas, conscientes, sabendo que Jorge trabalhava e precisava de paz, só apareciam quando eram convidados.

O livro ainda não estava pronto quando bateu a saudade da Bahia, de nossa casa, de nossos cães, gatos, papagaio, de nossos filhos, netos e amigos.

O Natal se aproximava. As saudades eram grandes, mas teríamos conosco filhos e netos, além de

Luiza e James Amado com seu neto Fábio, que passariam as festas de fim de ano em Portugal. Dias de alegria. Depois que eles partiram as saudades voltaram, dessa vez mais fortes.

Com o livro inacabado, arrumamos as malas e tratamos de regressar, tomando um navio que transportaria todas as peças de cerâmica que Jorge comprara e as que recebera de presente. Até um aparelho de jantar de barro, da cerâmica de nosso amigo José Franco, ganhamos. Recebemos de amigos, às vésperas de nosso embarque, vários queijos da Serra e um belo presunto de Chaves. Juntamos as iguarias às cerâmicas no grande cesto que nos deram e embarcamos em Lisboa, sem nos lembrar de que havia uma lei — que perdura até hoje no Brasil — proibindo a entrada de derivados de leite e de suínos.

Ao chegarmos ao porto de Salvador, lá estava a família toda à nossa espera, além dos amigos. João Jorge conseguira permissão e veio com Aurélio, nosso motorista, ao nosso encontro, no tombadilho. Já na fila para a alfândega, ao sentir o aroma do presunto e dos queijos que exalava do cesto, João se alarmou:

— Meu pai — disse —, você não sabia que essas coisas que está trazendo são proibidas?

— Deixa comigo — disse Jorge.

O homem da alfândega se aproximava:

— O que o senhor traz neste cesto?

— Cerâmicas — respondeu Jorge tranqüilamente.

— E nessa pasta? Livro novo?

— É, trago aqui os originais de um romance.

Antes que o funcionário da fiscalização voltasse ao cesto perfumado, Jorge lhe disse:

— Se o senhor já despachou minhas cerâmicas, eu gostaria de mandá-las para o carro.

Nem esperou resposta, ordenou a Aurélio e a João:

— Levem o cesto com muito cuidado e o coloquem no bagageiro, são peças frágeis.

A alegria do regresso

A cada regresso dessas longas viagens, achávamos nossa casa mais bonita, mais aconchegante, mais nossa vida, e estávamos sempre dispostos a não mais nos ausentar por muito tempo.

Com a nossa chegada, a casa encheu-se de amigos, novidades de cá e de lá, boas risadas e tudo acompanhado de queijo da Serra e de presunto de Chaves, maravilha das maravilhas, regados com bons vinhos.

Em geral, essas reuniões em nossa casa aconteciam aos domingos pela manhã. Primeiro, vieram os mais íntimos, depois começaram a aparecer os menos íntimos, depois pessoas desconhecidas — "soubemos que Jorge Amado está recebendo..." e patati, patatá... — iam entrando. Em torno da mesa do terraço, farta do que comer e beber, agora também crianças disputavam espaço. As iguarias trazidas de Portugal — além do presunto e dos queijos, um imenso pão-de-ló, de Viana do Castelo, mandado por nosso amigo Natário, e os pastéis de Belém oferecidos por Clarinda e Nuno Lima de Carvalho — terminaram rapidamente; pouca coisa sobrara. Passamos a reforçar a mesa com iguarias que comprávamos de véspera.

Nossas manhãs dominicais, tão agradáveis com alguns de nossos amigos, passaram a ser pesadas, cansativas e dispendiosas, com esse mundo de gente a se banquetear e a perturbar o ambiente. O jeito seria acabar com a *farra*. Jorge resolveu isso num dia em que viu um menino dar uma dentada num pedaço de queijo *gruyère*, em seguida cuspir e jogar fora, no jardim, o naco que sobrara.

Harry Belafonte

Agora, reuniões aos domingos só para receber e homenagear alguém que chegasse de fora. Foi o caso de Harry Belafonte, que veio à Bahia especialmente para conhecer Carybé e Jorge.

Belafonte se encantara com os dois murais pintados por Carybé no Terminal da América Latina, no aeroporto de Nova York. Possuía um quadro do artista, lera *Jubiabá*, de Jorge Amado, apaixonara-se.

Com July, sua mulher, David e Gina, seus filhos, Harry Belafonte embarcou em seu avião particular em Nova York e saltou no Rio de Janeiro. Naquela época, não havia em Salvador aeroporto internacional. Por isso, sem sair do aeroporto do Galeão, a família Belafonte tomou um avião fretado e chegou aqui. A estada na Bahia dessa encantadora família foi das mais movimentadas.

A imprensa caiu em cima do famoso artista. Ao desembarcar no Rio, cobriram-no de perguntas:

— Quanto tempo vai passar no Rio? Quais são seus planos?

— Daqui vou direto para a Bahia — respondeu ele.

— Algum contrato na Bahia?

— Nenhum contrato.

— O que vai fazer na Bahia?

— Vou ver Jorge Amado e Carybé.

— E depois? — insistia o repórter.

— Depois passo uns dias com eles e volto para Nova York.

Essa entrevista nos foi contada por Belafonte, divertindo-se.

É difícil lembrar o número de pessoas que convidamos para almoçar com os Belafonte, aqui em casa. Amigos escolhidos a dedo, admiradores do grande artista e, sobretudo, pessoas que certamente os agradariam.

Garimpando no mundo de fotografias de todas as épocas que possuo acumuladas, encontro algumas do almoço que oferecemos aos Belafonte em nossa casa. Festa de amigos espalhados pelos terraços e jardins: Carybé e Nancy, Carlos Coqueijo Costa e Aydil, Jenner Augusto e Luiza, Genaro e Nair, Sante Scaldaferri e Marina, Calasans Neto e Auta Rosa, João Ubaldo Ribeiro, Olga de Alaketu, Valdeloir Rego, Emanuel Araújo. Jorge fez questão de chamar Riachão, que cantou e dançou, encantando nossos hóspedes.

Apresentado a Olga de Alaketu, Harry manifestou seu desejo de assistir a uma festa de candomblé e, claro, na primeira batida de atabaques à Iansã, daí a dias, acompanhamos os Belafonte ao barracão da rua Luiz Anselmo.

Uma poltrona de vime foi oferecida aos hóspedes de honra para que sentassem à frente. Eles preferiram ficar de pé, atrás, ao nosso lado.

Feita a roda das iaôs, os santos foram baixando, caindo em transe, à espera da ialorixá Olga, dona da festa.

Mais bela do que nunca em sua vestimenta de Iansã, ela entrou no barracão em rodopios fantásticos. Impressionado com aquele espetáculo, emocionado, Belafonte apertou o braço de Jorge. Parecendo preocupada, com um olhar significativo, July apontou-me os arrepios que cobriam rosto e braços de seu marido. Eu temi que ele fosse receber o santo, mas, sempre trêmulo e emocionado, ele agüentou firme até o fim.

No dia seguinte, July nos telefonou. Queriam ir à nossa casa, mas pediam a Jorge que não convidasse ninguém. Harry precisava descansar, conversar tranqüilamente com Jorge, estirar-se na rede do terraço.

A família Belafonte permaneceria ainda uns poucos dias na Bahia e Harry manifestou o desejo de visitar outro terreiro, sobretudo, se possível, o de Menininha do Gantois, de quem Jorge lhe falara com tanto carinho. Felizmente o candomblé do Gantois bateria antes que eles partissem e, assim, nosso amigo pôde realizar seu desejo e ainda uma vez voltou a encantar-se e a emocionar-se. Mais descontraído, ele entrou numa roda de iaôs em transe e deu uns passos de dança. (Ainda uma vez estivemos juntos numa *casa de santeria*, nome dado ao candomblé em Cuba, quando lá nos encontramos muitos anos depois.)

Devíamos viajar para o Rio, onde nossos amigos — Eduardo Portella, Eneida de Moraes, José Mauro

Gonçalves, Sérgio Porto, Mauritônio Meira, José Condé com Maria Luiza, João Condé, Afrânio Melo com Nília, Waldemar Cavalcanti com Gerusa e Misette Nadreau, entre outros — nos aguardavam para um jantar numa churrascaria em que costumávamos nos reunir aos domingos quando morávamos no Rio. Não podíamos faltar.

Com os Belafonte, partimos para o Rio de Janeiro. Infelizmente, eles não poderiam comparecer a esse jantar, pois partiriam em seguida para Nova York.

Os amigos Belafonte não voltaram mais ao Brasil, mas continuamos a nos encontrar sempre, por essa vida afora, em várias partes do mundo, e a cada encontro uma festa.

A igreginha de Sant'Ana

Catalogando meu arquivo de cartas e telegramas de Jorge, encontro entre os meus alfarrábios o rascunho de um artigo a ser mandado para um jornal, protestando contra a iminência da demolição da antiga e singela igrejinha do largo de Sant'Ana.

Volto àqueles dias distantes, quando os intelectuais baianos se uniram, preocupados com o boato de que a igrejinha do largo de Sant'Ana seria posta abaixo, em vista da construção da uma nova, ali, sobre o mar, ao lado da casa de Iemanjá. O boato — que não era apenas um boato, mas sim ameaça verdadeira — revoltou não apenas os artistas do Rio Vermelho como os de toda a Bahia.

Convocados para uma reunião em nossa casa, ninguém faltou: escritores, jornalistas, pintores e escultores da Bahia, dispostos a não permitir tamanho crime. Juntos, iríamos lutar para impedir que tal pecado fosse consumado.

Nessa reunião de revolta e determinação, foram discutidos vários planos, sendo um deles a tomada da igreja pelos intelectuais, que a transformariam num museu.

Reproduzo aqui um rascunho de Jorge que acabo de encontrar:

> A igrejinha de Sant'Ana é um bem, um patrimônio do povo do Rio Vermelho, sobretudo do povo pobre, dos pescadores, dos jangadeiros, dos homens da terra e dos homens do mar. Está ela igualmente ligada aos artistas e aos escritores baianos. Por que

derrubá-la? Quem pode ser a favor de tal absurdo? Por que não aproveitá-la para um museu do bairro, onde estejam obras de arte dos escultores e pintores do Rio Vermelho e da Bahia e as coleções artesanais do povo? Aí estarão esculturas de Mário Cravo, ou seja, do maior escultor brasileiro vivo; desenhos de Carybé, que aprendeu amar a Bahia; gravuras de Mestre Hansen; quadros de Jenner Augusto; de Willys, de Floriano, de José de Dome, enfim, toda a nossa riqueza artística: Genaro de Carvalho, Calasans Neto, Mirabeau Sampaio, Fernando Coelho, Juarez Paraíso, João Alves, Carlos Bastos, Helio Basto, Cardoso e Silva, Sonia Castro, Emanuel Araújo e tantos, tantos mais — toda essa riqueza estará no Museu de Sant'Ana. E os originais de Nestor Duarte, de Godofredo Filho, de Florisvaldo Matos, de Vasconcelos Maia, de Luiz Henrique, de Ariovaldo Matos, de Carvalho Filho, de Walter da Silveira, de Wilson Lins, de Odorico Tavares, de nossos poetas e ficcionistas. Que destino mais belo e nobre!

Por que esse monstruoso desejo de destruir um bem do povo? Por quê? Não chego a entender os motivos. Por que esse ódio a uma pequena igreja tão linda?

O encontro e a luta dos intelectuais não foram em vão. A igrejinha de Sant'Ana permanece de pé em seu lugar, dando graça e beleza ao largo, servindo de teto a realizações culturais.

NOVA GARIMPAGEM

Em minhas garimpagens costumeiras em busca de textos e livros preciosos, deparo-me às vezes com achados surpreendentes.

Desta vez, quando procuro não esquecer detalhes da casa que busco descrever, dos animais, de artistas com sua arte a embelezar nossas paredes, de amigos que privaram de nossa intimidade, descubro um deles que vem ao meu encontro: o poeta Antonio Olinto, na sua *Antologia poética*:

DESCRIÇÃO DA CASA DE ZÉLIA E
JORGE AMADO
Bem no começo é claro tem a entrada
como deve existir em toda a casa
mas de largueza tanta que a largada
é leve pouso em pena e pouso em asa
e as plantas sobem pelo céu e pela

porta de acesso agora aberta: fê-la
Carybé numa dura trança-trança
de madeira marrom, severa, mansa,
a sala nos espera em mesa cheia
a comida chegando para a ceia
amigos que se abancam sobre o assento
das cadeiras e se olham no momento
que antecede a garfada, o gesto ou o ato
de comer e beber, enquanto o gato
que se chama Nacib entra na sala
passeia com solene pompa e gala
e Gabriela, a gata, num tropel
corre atrás de uma bola de papel
os quadros pendem livres e sem susto
Floriano, Carybé, Jenner Augusto,
João Alves e Licídio, Henrique Oswald,
Aldemir e as madeiras de Aguinaldo,
Hélio Basto, Cardoso, Zé de Dome,
cerâmica de toda parte e nome
tapetes de Genaro e estas gravuras
de Calasans não longe das figuras
de Rescala e Rebouças, e Giovana
Bonino divulgando a arte baiana,
Raimundo de Oliveira, Carlos Bastos,
a varanda se estende sobre os vastos
largos de branco e verde, com aquela

palmeira penetrando na janela
sendo parte da casa em vento e mar
o jardim se contendo a meditar
coisas reais de comida e de mulher
azulejos de Oxosse e de Iemanjá
passam tênues por baixo do sofá
correm pelas paredes e por fora
entram no quarto azul em que eu e Zora
dormimos nossas noites de Bahia
retesam a toalete, a livraria,
a máquina cansada de escrever
num canto a lisa cesta de bananas
desenhos e queixumes de baianas
um toque de Vadinho em cada queixa
e Jorge está aí que não me deixa
mentir que já seu Gil e Quincas Berro
Dágua saem da sala em tom de enterro
junto com Galo Doido e gentes velhas
de livros anteriores a esta casa
mas que vieram cheirar as mesmas telhas
e sentir o calor da mesma brasa.

ENTREVISTA NA TV

Quem vem agora ao meu encontro é o próprio Jorge. Ouço sua voz, tão minha conhecida, falando sobre a nossa casa, numa entrevista dada à televisão, há algum tempo:

> Comprei minha casa na Bahia com os dólares recebidos ao vender à Metro Goldwin Mayer os direitos autorais de meu romance *Gabriela, cravo e canela.* Com o dinheiro do imperialismo americano vi realizado um sonho de minha vida: o de ter uma casa na Bahia e nela viver.
>
> É uma casa que, para Zélia e para mim, é a nossa história. Aqui nós vivemos as melhores horas, os melhores momentos de nossa vida. Diante do jardim que plantávamos, um dia, eu disse à Zélia: "Quando a velhice chegar e estivermos os dois sozinhos, aqui de mãos dadas, recordaremos os dias felizes."

Assim aconteceu muitas vezes.

Hoje, sozinha, sem ter sua mão para segurar, vou vivendo das recordações das coisas boas e das coisas belas que juntos vivemos naquela casa, a casa da amizade, a casa do amor.

Das lembranças que guardo, tantas, uma delas, a da ameaça de demolição da igrejinha do Rio Vermelho, a luta dos intelectuais para mantê-la de pé, fez-me tomar uma difícil decisão. Lembro-me do que dizia Jorge: "Por que não aproveitá-la para um museu?" Isso mesmo. Por que ficaria eu sozinha nessa casa? Por que não manter abertas as portas para os admiradores de Jorge Amado, aqueles que aparecem diariamente, ansiosos de conhecer o ambiente onde o escritor viveu durante tantos anos, inspirou-se e escreveu seus romances? Não, não poderia ser tão egoísta, não poderia conservá-la só para mim.

Mudança

De coração apertado, mudei-me há cinco meses para um apartamento, nas proximidades do Rio Vermelho — cinco minutos de automóvel. A velha casa está precisando, com urgência, de consertos para ser transformada num Memorial, num museu, franqueado a todos que desejam visitá-lo.

Trouxe Fadul comigo, João Jorge, que mora num apartamento acima do meu, trouxe nosso velho louro. Paloma, que vive uns andares abaixo, quis muito trazer Fifi, sua gatinha, mas Fifi preferiu ficar na casa.

Notícia de última hora

Apareceu no jardim da casa da rua Alagoinhas, 33, um tatu. Estou acabando de saber. Zuca telefonou-me dando a notícia. Quem o trouxe? De onde veio?

Curiosa, quis detalhes de tal aparecimento e perguntei ao vigia da casa:

— É mesmo verdade que apareceu um tatu por aí?

— É o que dizem — respondeu.

— Você viu o tatu? — insisti.

— Ver mesmo eu não vi, mas a senhora sabe: onde tem terra tem tatu.

Este livro foi composto na tipologia Goudy Old Style BT, em corpo 13/18, e impresso em papel 90g/m² no Sistema Cameron da Divisão Gráfica da Distribuidora Record.